傑作長編時代小説

同心 亀無剣之介

わかれの花

風野真知雄

コスミック・時代文庫

本書は二〇〇六年八月に小社より刊行された「同心 亀無剣之介 わかれの花」を加筆訂正の上、新装版として刊行したものです。

目次

第一話　わかれの花

一

沢木《さわき》屋おさよは、花道に出る女形《おやま》のようにひょいと小首をかしげて、大きな垂れ幕のあいだを抜け、外の通りに出た。前を横切っているのは、日本橋北の瀬戸物町の通りである。

日は沈みかけているというのに、重さを感じるくらいの強い日差しである。打ち水は乾ききっていないが、地面から、もわっと熱気が立ちのぼってくる。

七月（旧暦）も終わりだというのに、今年は残暑が厳しかった。おさよはすぐに薄紅色の日傘をひらいて、小さな影の中に入った。

いつもなら、足早に歩きだすところだが、今日は違った。振り返って、自分が築いた店の構えをゆっくりと見た。

間口は八間。この通りでは、いちばんの広さを誇る。

軒《のき》に「沢木屋」と書いた大きな欅《けやき》の一枚板の看板を掲げただけでなく、店の前に斜めに張った紺色の垂れ幕にも、屋号と商紋が染め抜いてある。ほかにも、「長崎名物」や「珍奇逸品」などと書いた看板もあった。間口の大きさだけでなく、通りでいちばん目立つ店だろう。

つねに四、五人の手代が、店頭で接客をし、同じ数の小僧たちが使いに出たり、客に茶を運んだり、通りに水をまいたりしている。活気がある。それはおさよが命じたものではなく、沢木屋の繁盛が自然にかもしだす雰囲気だった。

客もひっきりなしである。若い娘のふたりづれが多いが、親子づれらしい客も多い。国許《くにもと》から出てきて、江戸土産《みやげ》を買う地方武士も、沢木屋のお得意さまである。また、ここ数年は卸《おろし》もおこなっていて、買いつけの客が江戸だけではなく、品川や新宿ばかりか、川越、川崎あたりからもやってくるようになった。

小さな小間物屋から、ほとんど女手ひとつでここまでの店にした。最初の店は、川向こうの深川に出した間口一間の小店だった。

三年後に鉄砲洲の本湊町に移り、すぐ二年後に霊岸町の富島町、ここで充分に財を成したうえで、二年前にこの日本橋の北に大店《おおだな》を構えた。

その十数年のあいだ、働きづめだった。ただ、満足感はある。よくぞここまでと誇りにすら思う。

——ここまでした店なのに、もう、見納めかもしれない……。

いまから、能登《のと》屋弦蔵《げんぞう》と会うことになっている。

——そこで、わたしは殺されるのだ……。

日本橋にも近い数寄屋町に店を構える能登屋弦蔵は、老舗《しにせ》の豪商といっていい。長いこと、本物の南蛮渡来の品物を扱っている。

それに対して、沢木屋が商いを大きくしてきたのは、南蛮渡来の品物の偽物《にせもの》を扱ったからだ。とくに莫大な売上をもたらしたのは、南蛮酒の偽物である。

中身は焼酎で、それに砂糖を入れ、赤く色をつけて、それらしいギヤマンの瓶に入れた。これが、焼酎の何倍もの値段で売れた。

味は悪くはないのだが、おおっぴらに売れるものではない。だが、逃げ道もある。南蛮酒のような見た目ではあるが、とくに南蛮酒と宣伝しているのではない。買う側が勝手に誤解しているというわけである。

これが能登屋には気に入らない。高い本物の南蛮酒がめっきり売れなくなったのは、あきらかにこの偽酒の影響なのである。

「くだらねえモノを売りやがって」

まだ、能登屋との仲もそれほど険悪ではなかったころ、能登屋弦蔵はそう笑いながら言った。

もともと、ふたりは男女の仲だった。

おさよは二年ほどのあいだ、能登屋の妾《めかけ》になっていた。二十二のとき、能登屋の金で小間物屋を出してもらった。それが最初の店である。その小間物屋で、南蛮風の財布や飾り物を売り、商売を広げた。

能登屋の援助がなければ、商売をはじめることができなかったのは事実である。

だから、いっそう能登屋は、おさよを憎むようになったのだろう。

だが、おさよにも言い分はある。騙されるようにして、能登屋の女にさせられたのだ。店をもたせるというのも約束であり、好きだった男から自分を奪った代償と言ってもいい。しかも、最初の資金は返すと言ったのに、

「あれはくれた金だ」

と、受け取らなかった。

それを、いまさら自分の商売をおびやかすようになったからといって、殺したいほど憎むというのは筋違いではないか。

現に、能登屋弦蔵は、おさよを亡き者にしようと、殺害を試《こころ》みたことすらあった。

ひと月ほど前である。能登屋と話しあいをした帰りの道で襲われた。

闇の中、すれ違いざま突きだされた匕首《あいくち》が、たまたま懐に入れていた蘭書に刺さり、突き抜けずに済んだ。すぐに一緒にいた手代の梅吉《うめきち》が助けに入り、おさよも大声で騒いだため、相手は夜の川に飛びこんで逃げていった。

あれは絶対に、能登屋がやらせたに違いない。

以来、おさよは夜の外出を避け、どこに行くにも手代の梅吉を伴《ともな》うようにしている。梅吉は友だちの弟で、一時期、ぐれて、賭場などに出入りしていた。そのころから滅法《めっぽう》、喧嘩が強く、用心棒の役にはぴったりだった。

そして、今日――。

その能登屋弦蔵と沢木屋おさよは、料亭〈かも川〉で、会合を持つことになった。いまの商いをやめてしまうならともかく、このまま逃げまわるだけでは埒《らち》はあかない。どこかで決着はつけなければならないし、こっちにも覚悟はできていた。勝つ自信はある。だが、勝負は最後までどうなるかわからない。

沢木屋の店構えを瞼《まぶた》の裏に刻みこんだおさよは、

「では、梅吉、行きましょう」

毅然《きぜん》とした足取りで歩きだした。

途中、小さなお稲荷さんの祠《ほこら》があった。立ち止まり、手を合わせる。賽銭まであげた。梅吉が珍しそうな顔をした。実際、おさよが神仏に手を合わせるのは珍しい。いままで、神や仏に助けてもらった覚《おぼ》えもない。

それがいま本気で手を合わせたのは、自分の心が弱くなったのだろうか。


待ちあわせをした料亭〈かも川〉は、長谷川町にある。おさよの沢木屋からは、西堀留川、東堀留川というふたつの堀を渡るが、歩いてもたいした距離ではない。

「ごめんなさいよ」

と、〈かも川〉の玄関に立っただけで、ひんやりした。

道から庭先にかけて打ち水がしてあり、裏手の庭から風が抜けてきている。玄関前や庭には樹木が多いので、日差しは完全にさえぎられている。しかも、庭には三十坪ほどの池もあり、水辺の涼しさも感じられるほどである。

「ああ、涼しい」

と、思わずおさよは口にした。

能登屋弦蔵がひいきにしている店で、おさよもよく知っている。ただ、能登屋との仲がこじれてからは、鉢合《はちあ》わせすると嫌なので、ほとんど来ていない。

「いらっしゃい」

おかみのおけいが小走りに玄関口にやってきた。歳のころは四十をすこしまわったくらいか。だいぶ肉がついてきているが、それでも小さな顔で、若いときはさぞ美人だったはずだ。化粧などはいまの若い女がするような、目元に青を刷《は》いた艶《あで》やかなものだった。

そのおけいとは、「姉妹ですか？」と訊かれたことが何度かある。他人とは思えないほど、顔立ちがよく似ているらしい。おさよ自身も、そんな気がするし、それは嫌なことではなかった。

「さ、早く」

奥の部屋に案内された。離れのようになっていて、庭を見ても、ここがいちばんいい部屋なのだと想像がつく。

梅吉はいったん部屋を確かめ、外へ出ていった。怪しい仕掛けがないか、刺客《しかく》がひそんではいないか、確かめるのである。

おけいは、梅吉が出ていくのを見ると、すばやく顔を寄せ、

「急がなくちゃ」

と囁《ささや》いた。穏やかな表情だが、一瞬、目が光った。

「どうして？」

と、おさよは訊いた。

「きれいにできたなと言って、能登屋がいきなり口に入れたの。もちろん毒入りの花のほうを。もうしばらくしたら、効いてくるはずよ」

「まあ」

食事の最後に出すはずだった。それをいきなり口にしたというのだ。だが、かえってそのほうが都合がいい。食べたところを誰にも見られていないのだから。

「能登屋は？」

「いま、外で庭を眺めてる」

「わかった。あとは、打ちあわせたとおりに」

おさよは、すばやく、懐から紙包みを出し、おけいに渡した。

「砂糖壺にね」

おけいはそう言って、包みに指を入れ、先についた白い粉をぺろりと舐めた。すごく、酸っぱそうな顔をした。

そのとき、庭のほうからだみ声が近づいてきた。能登屋弦蔵の巨体が、半分だけ巻きあげた葦簾《よしず》の向こうに見えた。

おさよはどきりとした。もしかしたら、おけいのいまの行動を見られたかもしれない。だが、明るい庭のほうからは部屋の中は見えないはずだと思い直した。

「よお、来たか」

そう言いながら、能登屋は庭から部屋へとあがってきた。への字のかたちをした眉が、大きくつりあがっている。異相だが、醜男《ぶおとこ》ではない。むしろ、男っぷりはいい。

後ろには手代と、用心棒がいた。このふたりはいつも連れて歩いている。手代のほうも、実際は用心棒に近いのだろう、どちらもがっしりした体格である。もし、能登屋が暴漢に襲われることがあっても、このふたりが脇にいては、すぐにはね飛ばされてしまうに違いない。

三人が坐ると、梅吉もやってきて、おさよの後方に坐った。

「面倒な話はあとにして、まずは腹ごしらえといきましょうよ」

と、おさよが言うと、能登屋も了承し、いったん引っこんでいたおけいに夕食にするよう声をかけた。

「じゃあ、まずは珍しいものから」

おけいが、仲居に命じて、お盆をいくつか持ってこさせた。

お盆の中には、大きな急須があり、そこから香ばしい匂いが漂ってくる。その匂いを嗅いだ能登屋が、

「ほう、カッフェか。洒落《しゃれ》たものを出すじゃねえか」

と言った。

だが、おけいが、

「ええ。おさよさんの差し入れですよ」

そう言うと、能登屋はあわてて、

「そのカッフェを、こいつらにもふるまってもらえるか」

手代と用心棒を指差した。ふたりはすぐに毒見とわかったらしく、いきなり顔に緊張が走る。

「よろしいですとも」

カッフェ用の茶碗が五つ、並べられた。梅吉の分もあるらしい。

小さな取っ手がついた、きれいな茶碗である。青い絵の具で、西洋の牧場らしい風景が描かれてあった。

「その茶碗は、わしの店が扱ったものじゃねえな」

能登屋がおけいにそう言うと、

「はい。わたしが長崎から取り寄せました」

おさよが口をはさんだ。

「はあ、おめえの魂胆はわかった。これを見本に、また偽物をつくらせるってわけか」

「いまのところ、そこまでは考えておりませんよ」

おさよは軽く受け流した。

おけいが急須からカッフェを茶碗に注ぎ、

「さ、どうぞ」

小皿に載せた茶碗を、それぞれの前に置いた。

能登屋は警戒して、すぐに飲もうとしない。用心棒や手代もためらっている。

「なんですね、毒なんか入ってないでしょ」

おさよは茶碗に口をつけた。だが、すぐに、

「あ、苦い。おけいさん、やはり砂糖を入れたほうが」

と、自分の茶碗と能登屋の茶碗に砂糖を入れ、匙《さじ》でゆっくりかきまわした。

能登屋たちは、その様子をじっと見守った。

「今度は大丈夫よ」

おさよは茶碗を口に運び、カッフェをひと口飲んだ。

能登屋が強い視線を向けてきている。思わず目を伏せたくなるが、頑張《がんば》って耐えながら、さらにふた口、三口とすすった。

すると、能登屋がふっと笑った。おめえに毒なんかで人が殺せるもんか。そう言ったように感じた。

それから能登屋は、カッフェを口にふくんだ。

「ん……あんだ、こえは……」

口を開けたままにしながら、なにか言い、中腰で庭のところに駆け寄ると、口の中のカッフェを吐いた。

おさよはその様子を唖然《あぜん》として見守った。

「能登屋さん。どうなさいました？」

「おさよ。てめえ、このカッフェに毒を入れたな？」

能登屋が呻くように言った。博打の胴元のようにドスを効かせた声だった。

この声に合わせたように、向こうの手代と用心棒が、すごい形相で立ちあがると、梅吉もおさよの前に飛びだす構えになった。

「あんたたち、待ちなさいよ」

おさよは梅吉の動きを抑え、

「能登屋さん、毒だなんて、なにをおっしゃいますか。あたしも飲みましたが、別に変なものじゃないですよ」

おさよは新たにカッフェを注ぎ足してもらい、それを悠然と口に入れた。

「ほら、なんともありませんよ」

「いや、カッフェではない。砂糖に入れたのだろう」

能登屋は苦しそうな顔になっている。

「砂糖に？」

おさよは、今度は砂糖壺からその砂糖をどっさりカッフェに入れ、飲んだ。

「なんともないですよ。ほら、あんたたちも飲んでみて」

手にしていた茶碗に砂糖を入れて、匙でかきまわしてやる。

梅吉はおさよを信じきった顔でカッフェを飲み、能登屋の手代や用心棒も、ためらいながら一応口にした。

「梅吉、どう？」

「とくに。すこし苦味はありますが、おいしいです」

と、梅吉は能登屋たちを見つめて言った。

「気のせいでございますよ。どこか、お身体の調子が悪いときは、味もおかしく感じると言います。お医者にかかったほうがよろしいのでは」

「馬鹿言え。わしは元気だ……だが、胸焼けがひどい」

能登屋の額に脂汗が滲み、顔色が青くなっている。

「おけい。カッフェの残りと、砂糖の残りをよこせ」

と、能登屋は畳に両手をついて、上目づかいにおさよを睨んだまま言った。

手代と用心棒は、なにが起きているのかもわからないで、ただ呆気《あっけ》にとられている。

「そんなことより、横になってお休みになって」

「いいから、よこせ」

「あ、はい」

おけいが急須と砂糖壺を渡すと、能登屋は膝で数歩進み、それらを池に投げこんだ。

「どうだ、魚が死んだろう」

と、用心棒に池をのぞくよう顎をしゃくりながら訊いた。

用心棒は、池の中をじっと見つめ、

「いえ、別段」

と、首を横に振った。

「そんなはずは……うっ、ううう……」

能登屋は、胸や喉を掻きむしりだした。

「だ、旦那さま」

いつもは強面《こわもて》で偉そうな用心棒も、なすすべなく、おろおろして見守るばかりである。

「医者を呼んで」

おけいが立ちあがり、部屋の外に声をかけた。

「早く、裏の仁斎《じんさい》先生を」

仁斎はそう時をおかずに、下駄をカラカラいわせながら駆けつけてきた。後ろには若い娘もついてきている。

「どうしました？」

「急に苦しみだしたんです」

「どれどれ」

さっそく、横になっている能登屋のそばに坐った。

仁斎は、歳は六十がらみ。坊主頭でおっとりした表情だが、脈を取ったり、目をひっくり返したりする手際にためらいはない。一緒についてきた娘も利発そうで、なにか言われたらすぐに対応しようと、薬箱を広げていた。

「なにをしていて、こうなりました？」

「カッフェを飲んだときからです」

「カッフェとは？」

おけいが茶碗を指差した。だが、残っていたのは、能登屋が池に捨ててしまっている。

「もう、ないのかね」

用心棒の飲み残しがあったので、仁斎はそれを手に取り、匂いを嗅いだ。

「飲んだことはないが、もともとこういう匂いなのかね？」

「ええ」

「ほかに誰か飲んだ人は？」

仁斎が訊くと、おさよと梅吉、それに向こうの用心棒がうなずいた。手代も飲んだように見えたが、飲んだふりをしただけらしい。

「あと、池の鯉たちも飲んだはずです。さっき、この能登屋さんが残ったカップェと砂糖を池に入れましたから」

と、おさよが池を指差した。鯉はまだ元気に泳いでいる。

「とすると、毒ではないはずだが」

仁斎が途方に暮れた顔をした。

能登屋はすでにぐったりしている。さっきまで胸を掻きむしっていたのが、はだけた胸元に筋になって残っていた。

「一応、水をたくさん飲ませてみるか」

仁斎がそう言うと、ついてきた娘が水をもらいに台所に走った。

「しっかりしなさい」

仁斎が、頬を何度か叩いた。

喉がごろごろとなり、すぐにがくりと首が垂れた。

「あっ、いかんな」

仁斎はもう一度、脈を取り、胸に直接、耳をあてたりもしたが、

「ご臨終です」

と、首を横に振った。

部屋の中を、戸惑いや驚きの混じった沈黙が支配しはじめた。

「嘘みたい……」

と、おさよがつぶやいた。さっきまでぴんぴんして憎まれ口を叩いていた能登屋が、いまやもの言わぬ骸《むくろ》と化している。

目撃者は多かった。

能登屋の手代、用心棒、おさよのほうの手代の梅吉、おかみのおけい、仲居たちも出たり入ったりしながらだが、この前後の様子を見ていた。

「ど、毒を盛ったのか……」

能登屋の手代が、半信半疑といった顔で、おさよを見た。

「毒ですって。あたしがどうやって？」

おさよがまわりをぐるっと見まわした。

それぞれが、さっきの一連の出来事を振り返っているような顔をした。

「たしかに……」

と、手代がうなずいた。おさよに不審なところはないように思えたのだろう。

「このお人に持病は？」

と、仁斎が訊いた。

「ここんとこ、心ノ臓がよくないと」

おけいがそう言うと、能登屋の手代も首を縦に振った。

「それなら、この暑さだ。そっちも考えられるな」

「そうですか、急な病《やまい》だったのですね」

おさよがそう言うと、皆は納得したように何度となくうなずきだしていた。

二

亀無剣之介《かめなしけんのすけ》は、庭に出て、井戸端で水をかぶろうとした。昨夜も今朝も残暑が厳しく、よく眠れなかった。せめて、汗でべとついた身体をさっぱりさせたい。

浴衣《ゆかた》を脱ごうと、帯をゆるめたとき、

「剣之介さん。おはようございます」

生垣《いけがき》の向こうから声がした。生垣にしているのは、食用にもなるという五加《うこぎ》の木で、五尺ほどの高さになっているが、その上からちょうど目が見えていた。黒目がちの涼やかな目である。

「あ、これは、志保《しほ》さん……」

あわてて、乱れた浴衣姿を正した。

「ご無沙汰《ぶさた》しておりました。おみっちゃんは元気ですか」

「ええ。いまはまだ寝ているようですが、元気でやっています」

おみちは剣之介の五歳の娘である。

亀無家は、妻のみよが三年前に急な病で亡くなり、その後、住みこむようになった婆やのおたけと三人暮らしをしている。茂三《しげぞう》という四十半ばの中間《ちゅうげん》がひとりいるが、これは近くの長屋から通ってきていた。

「じゃあ、あとでおみっちゃんと遊ばせてもらおうかしら。お留守のときにうかがっても、かまいませんか？」

「どうぞ、どうぞ。婆やにはそう言っておきますから」

おろおろしてしまった。我ながらじつにみっともない、と剣之介は思う。もう少し、堂々とできないものか。

とくに女性が相手だから、とはかぎらないのである。つねに人見知りはするし、気も強くない。八丁堀に勤めて十四年ほどになるが、いまだに奉行所の同心らしく堂々とできないでいる。

ただ、志保に対して特別な気持ちはないかというと、それはある。あるからこそ、なおさら堂々としていたいと思うのだが……。

とそこへ、

「旦那。おはようございます」

と、中間の茂三がやってきた。茂三は痩せているが、背が高い。六尺ほどあり、口の悪い同僚からは、しばしば「あれは独活《うど》の大木ではないか」とからかわれる。だが、剣之介はいつも「見張りにぴったり」と弁護してあげている。

いつも朝飯を一緒に食ってから、奉行所に供をさせるのだ。

食卓に着くと、おみちも眠い目をこすりながら起きてきた。

朝飯は胡瓜《きゆうり》もみと、茄子《なす》の味噌汁である。

おたけに飯をよそってもらう。六十なかばで、ころころ肥《ふと》って元気だが、耳が遠くなりかけている。裏の台所にいたので、さっきの志保との話は聞こえていないはずであるが、

「剣之介さま、今日はお顔の色がよろしゅうございますね」

と、なんだかからかうような口調で言った。

「そうかぁ」

「なにかいいことでもありました？」

「あるわけないだろう」

「そうですよねえ」

内心、そうですよねえはないだろう、と思った。

剣之介と茂三は飯を三杯ずつ食べ、おみちには「ゆっくり食べなさい」と声をかけて、家を出た。志保のことは、気恥ずかしくて伝えなかった。別にあらたまる必要はない。志保の松田《まつだ》家と亀無家は、ずっと隣同士で、気のおけない付き合いを続けてきたのだ。

通りに出ると、ちょうど隣の松田家の冠木門から、北町奉行所与力の松田重蔵《じゅうぞう》が出てきたところだった。

「お早うございます」

歳は同じだが、向こうは与力、こっちは同心、きちんと頭を下げた。

「よう、剣之介」

一緒に歩きだす。

剣之介には中間の茂三が従うだけだが、与力の松田重蔵には挟み箱を持った家来のほか、中間がふたり従っていた。

「いま、志保が戻っていてな。さっき、そなたと会ったと言っておった」

「はあ。会ったと言っても、ひとことふたこと、言葉をかわしただけです」

「それでも志保は喜んでいたぞ」

松田は、ぽんと剣之介の肩を叩いた。激励《げきれい》なのか、からかいなのか、叩かれる理由がよくわからない。

「志保さまは、しばらくおられるのですか？」

「ああ、なぜわかった？　志保がそう言っていたのか？」

「いや。それはなんとなく……」

理由はとても言えない。

松田家の庭は、同心の亀無家の三倍、およそ三百坪ほどある。庭もかなりゆったりしているが、洗濯物の干し場は亀無家寄りのところにある。そこに女の腰巻が数枚、干してあった。松田の奥方の花江《はなえ》は小柄な人だけに、腰巻の丈も短い。だが、長い腰巻も干してあった。

志保は、八丁堀の同心に嫁《とつ》いだ。家はここことは反対の南のほうになるが、それでも同じ八丁堀である。たまに顔を出しても、実家に泊まることはそうはない。だが、腰巻を洗って干すというのは、昨夜も泊まり、少なくとも今夜も泊まる。

いや、わざわざ洗って干すからには、当分、帰るつもりがないからではないか。

そんなことから推察したのだが、とてもそれを明かすことはできない。人の家の腰巻の数までかぞえていると思われてしまう。

楓川《もみじがわ》にかかる海賊橋のところに出た。往来する人の数が急に増えた。

歩いていた若い娘が、ふと立ち止まって、こっちを見つめているのがわかる。

憧れと喜びの混じった視線である。もちろん、剣之介は自分が見つめられているとは思わない。ぞろぞろとついてくる後ろの中間たちでもない。娘たちは与力の松田を、うっとりと眺めているのだ。

なかには、

「松田さま。今日もお仕事、頑張ってください」

と、声をかける娘もいる。

松田は慣れているから、

「うむ」

と、軽くうなずくだけである。

剣之介も、何度も目にしてきた光景ではある。羨ましくないと言えば、それはまるっきりの嘘になるが、それにしても松田重蔵をよく知っている剣之介からすると、やはり不思議である。松田はひとことで言うなら奇人変人で、じっくり付き合うと怖いところがある男なのだ。

もともと、町奉行所の与力というのは、市井《しせい》の人たちのあいだで人気がある。相撲取りや火消し衆と並んで、江戸の三男などともてはやす向きもあるくらいだ。町奉行所の役人は、ほかの役人と違って、あまり堅苦しくない。町人たちとも、友だち付き合いとはいかないまでも、気軽に話をしてくれる。とくに与力となると、身分は上で、金まわりもいいのに気取らないので親しまれていた。

加えて、松田は役者も裸足で逃げるくらいのいい男である。松田の奇人変人ぶりを知らない娘たちが、きゃあきゃあ言うのも、しかたがないのかもしれない。

その松田が、両手を胸の前で組み、足をぱたぱたさせている娘をちらりと見ながら、

「そう言えば、剣之介。昨日、長谷川町の料亭で、おかしな事件があったぞ」

と言った。松田重蔵は吟味方《ぎんみがた》与力で、市中取締りを兼任している。

江戸市中の事件が、松田のところに報告がいくのは当然なのだが、この男には事件に対する過剰な、いや、異常とも言える興味がある。

事件というのは、すべからく突飛《とっぴ》で謎めいていなければならないという、願望

とも言える思いこみだ。

このため、これはという事件については多大の興味を示し、松田なりの推論を披露《ひろう》せずにはいられなくなるのだった。

「昨日ですか」

昨日は芝まで捕縛の手伝いにいき、奉行所には寄らずに家に帰った。

「どんなふうに？」

町医者から届け出があったという事件についてあらましを訊くと、事件というより、急な病ということで処理されているらしい。

怪しいと思っているのは、いまのところ松田だけのようだ。

「松田さまはなにが怪しいのだと？」

「うむ、たいした理由ではないが、能登屋弦蔵にはいつも、物騒な面《つら》をした用心棒がついていてな。ああいう野郎を雇っているということは、てめえもろくなものじゃねえと言ってるようなものだろうが」

「そりゃあ、そうですが」

松田重蔵にしては、まともなことを言う。ときおり、悪事の探求に熱心なあまり、とんでもない事件を捏造《ねつぞう》したりするのだが。

「ということは、能登屋は毒で殺されたに違いない」

「はあ」

すでに決めつけている。妄想が動きはじめたのだ。

「いま、定町廻りの田所良左衛門は、いくつかの事件を抱えていて、手いっぱいだ。昨日のことは、おそらく剣之介に頼んでくるだろうな」

「なるほど」

そうなったら、調べの内容を逐一、報告するようにと言いたいのだろう。

呉服橋御門前の北町奉行所が見えてきたとき、ピカッと空が光った。いつの間にか、ずいぶん暗くなっている。

「しまった、剣之介、来るぞ」

カリカリ、ゴロゴロッと音が鳴り響いた。一同がいっせいに走りだしたが間に合わない。大きな雨粒がびしびしと肌を叩く。奉行所に飛びこんだときは、全身びっしょり濡れてしまった。

三

間口八間もある沢木屋の店頭に、帳場は三つほどあるが、そのうちのいちばん右隅の帳場におさよは坐っていた。前には、出入りの商人が坐り、にこやかに商談を進めているところである。今日は残暑もそうひどくなく、裏まで開け放した沢木屋には、涼しい風が流れていた。

店の中には、

「あれがここの女主人だよ」

「まだ、若いのね。それにきれい」

「たいしたもんだわよ」

などという囁きもあった。それが聞こえたにしても、おさよにとっては聞き飽きた賞賛である。

たしかに、おさよの働く姿は美しかった。中から滲み出る輝きがあった。

だが、男ならいい女だと思っても、逆に気後《きおく》れしてしまうのではないか。むしろ、女が憧れてしまうたぐいの美しさであり、潑溂《はつらつ》とした働きぶりだった。

能登屋弦蔵が死んだのは三日前である。

葬儀にも出席した。能登屋の長男の克蔵があとを継ぐことになっているが、やり手の商人だった父親の資質は、まるで感じられない。どこかおどおどして、いつも誰かを頼っているような顔をしている。もはや、沢木屋を脅すどころの話ではないだろう。

これで心にひっかかっていたことは、なにもなくなった。あとは思いきり働き、江戸の人たちにうちの品物を買ってもらいたい。

いま、相談に来ているのは、焼き物の卸商で、カッフェの茶碗をつくるために呼んでいた。能登屋が亡くなる直前、カッフェの茶碗の偽物をつくる気かと言われた。あのときは、そんなつもりは本当になかったのだが、能登屋に言われて、「よしやってみよう」という気になった。

この卸商は、西国の窯元たちと手広く取引をしている。さほど優れた窯元はないが、こっちの注文に応えてくれるので重宝《ちょうほう》してきた。

「取っ手をつけて、皿も一緒ですね」

「そう。でも、肝心なのは柄ですよ。本物の南蛮ものと同じ柄にしても、こっちの人は喜ばない。いかにも南蛮風の、むしろあまり品《ひん》がよくないくらいのものが喜ばれるんです」

「なるほどねえ。それは、あっしのほうで探してみます。なあに、いい柄を考える若い絵師も最近、見つけましたから」

「そいつは、ありがたいねえ」

卸商は、さっそく検討すると言って、帰っていった。これもうまくいきそうな気がする。カッフェはいまでこそ、苦いと顔をしかめる人が多いが、慣れてくれば意外に好む人は増えるのではないか。かぎは、女たちに流行《はや》りの洒落《しやれ》た飲み物だと思ってもらうことである。そのためにも、器は大事だった。

またひとつ、道が拓《ひら》けた思いでいたところに、

「おかみさん。あそこ。右手の店の外を見てください」

梅吉がそばに来て、囁いた。

「なんだい、福の神でも来たのかい？」

冗談を言いながら、おさよは梅吉が教えてくれたほうを見た。武士がひとり立って、こっちを見ている。着流しの縞の着物に、丈の長い羽織。紺の足袋に雪駄《せった》をはいている。刀と一緒に朱房の十手《じつて》を腰に差していた。一瞬、どきりとした。

「八丁堀かい？」

「ええ。たしか、亀無という臨時廻りの同心です」

と、梅吉は答えた。

梅吉は数年前まで、喧嘩三昧《ざんまい》に明け暮れていた。友だちの幾人かが、相手を傷つけたり、殺《あや》めたりして、仲間の梅吉まで調べを受けたこともあった。それもあって、町奉行所の同心たちの名前くらいは、自然と覚えてしまっていた。

「頭にカビが生えてるね」

おさよはクスッと笑った。陽を受けて外に立つ亀無の頭は、まさにカビのように、あるいは海辺にいるいそぎんちゃくのように、髪の毛が毛羽《けば》立って見えるのだった。

ちぢれっ毛なのである。もちろん、ちぢれっ毛の人間は、ほかにも大勢いる。だが、小銀杏《こいちょう》と呼ばれて、髷《まげ》がすっきりしたさまを売りものにしている奉行所同心にしては、かなり珍しい頭だった。

「あの頭のせいで、ちぢれすっぽんと言われているんですよ」

梅吉はいろいろくわしい。

「ちぢれとは、あの頭のことだろうね。でも、下のほうの綽名《あだな》は嫌だね。すっぽんなんて言われるヤツは、たいがいしつこいんだよ」

「しつこいからか、名前の亀からきたのかわかりませんがね」

こっちがひそひそ話をはじめたのをきっかけにしたらしく、亀無という同心は、照れくさそうに近づいてきた。

見るからに冴えない。しょぼい。どこかおどおどしている。自分でもちぢれた毛を気にしているらしく、たえず手で髪を押さえるようにしている。よく見ると、顔立ちは悪くないのだが、男としてはまったく魅力がない。

「あのう……」

店に足を入れると、すぐにこちらに来て、声をかけてきた。おさよが主人というのは知っていたらしい。

「なんでしょうか、旦那」

おさよは笑顔で訊いた。

「わしは北町奉行所の」

「亀無さま」

制するように言った。

「おや、どうしてそれを？」

「わたしたちのような商人は、定町廻りの同心さまや、臨時廻りの方のお名前くらいは存じあげておりますもの」

梅吉のほうをちらりと見て、悪戯っぽく言った。

「恐縮だな。一応下の名も言っておくと、亀無剣之介と申す」

間の抜けた答えに、おさよは内心、苛々《いらいら》してくるのを感じた。忙しいときには絶対に会いたくない類《たぐい》の男である。

帳場の前に敷いた座布団に腰を下ろした亀無に、おさよは訊いた。

「それで、なにか」

「うむ。能登屋弦蔵が死んだことについて、ちと訊きたいことがあってな。沢木屋もその場におったそうだな」

「ええ。でも、能登屋さんが亡くなったのは、誰が見ても急な病のためだと思いますよ」

「うむ。皆、そう言っておるな」

「では、なぜ、八丁堀の旦那が？」

「それなんだがな。もともと能登屋というのは、商売仇をあこぎな手を使って蹴落とす男だというので、町方でも目をつけておったのよ」

剣之介が言ったのは嘘ではなかった。だから、松田重蔵も能登屋のことを知っていた。

「そうでしたか」

「なんでも、あんたもひと月近く前、何者かに襲われたことがあったらしいな」

あのときの騒ぎでは、町役人も駆けつけてきていた。奉行所というのは、そんな些細《ささい》なことまでつかんでいるらしい。

「でも、それは能登屋さんの仕業とはかぎりませんよ」

「うむ。ほかでも能登屋の悪評をいろいろと聞いたのでな。ところが、そんな悪党がぽっくり死んだ。しかも、聞いたところでは、死ぬ間際に毒を盛られたと言ったそうだな」

「そうでしたね」

そんなことを話したのは、能登屋の用心棒あたりか。仁斎とかいう医者は、ふだんから〈かも川〉の世話になっているというから、つまらないことは言ってないはずである。

「それで、わしは能登屋の葬儀にも顔を出してみたんだ」

「そうでしたか。あたしもいってましたが、旦那はお見かけしませんでしたね」

能登屋の葬儀は、あれほどの大店のわりには、列席者も少なかった。人望のなさがうかがえると、口の悪い男が言っていた。それでも、八丁堀の同心などは見かけなかったはずである。

「うん。おいらは垂れ幕の裏から、そっとのぞいていたのでな」

「まあ」

いかにもこの男らしい、とおさよは思った。

「能登屋って男は、見かけはいい男だったが、かなりの悪党だったようだね」

「そうでしょうか。あたしは魅力のある男だったと思いますが」

と、嫌味っぽく亀無剣之介を見た。

「あややや」

と、亀無は意味のわからない声を出し、目を逸《そ》らした。そっぽを向いて話すが、まったく見ないわけではない。ちらっ、ちらっと、こっちの反応をうかがっているのだ。

――やなヤツ……。

おさよは内心で舌打ちした。

むろん剣之介は、そんなおさよの気持ちなど知るよしもない。

「でも、そんな魅力のある男が、沢木屋さんを殺そうとした……」

「だから、あれは能登屋さんとはかぎりませんよ。あたしは、商いのことでは何度も能登屋さんにたしなめられたりはしましたが、まさかわたしを殺そうとしただなんて」

と、おさよは強く否定した。能登屋のおさよに対する殺意が、なにかの疑いのきっかけになるのなら、それは消しておかなくてはならない。

おさよの強い否定を聞いたのか、聞かなかったのか、

「ところで、カッフェというのは、こちらの店でもやってるのかい？」

と、話を変えた。

「いいえ、まだです。でも、ゆくゆくはぜひ。たくさん売って、江戸っ子たちにもカッフェのおいしさを知ってもらいたいんですよ」

「へえ、そんなにうまいものなら、おいらも飲んでみたいねえ」

「あら、ごちそうしましょうか」

「いいのかい」

剣之介はいかにも嬉しそうな顔をした。

おさよは、これでも同心かしらと軽蔑するとともに、気のおけない感じがしたのも事実だった。こういう人は、亭主にしたら面白くもなんともないが、たとえ

ば隣人あたりにしたら退屈せずに済むのかもしれない。

梅吉に言って、カッフェの準備をさせた。夏でもやかんの湯は沸いているので、すぐにカッフェはできる。珍しい匂いが店の中にたちこめはじめると、客たちはこちらを興味深げにちらちらと見た。

だが、いざカッフェを入れる段になって、おさよは不意に意地悪な気持ちが出て、いつもよりかなり濃くしてやった。

「さ、どうぞ」

亀無剣之介は、ふうふう言い、ひと口すすったが、

「うえっ」

と、思わず声が出た。

「苦いですか」

「そうだね」

「カッフェを毒だと勘違いしても無理はないかもしれませんね」

「ああ、たしかに」

と、亀無はうなずいた。

おさよは、しめたと思った。濃いカッフェにしてよかった。

「だが、能登屋の場合は、カッフェを飲むのがはじめてだったはずはないんだ。長いこと南蛮渡来の品を扱ってきたし、長崎にも何度も行ってたらしいからね」

「そうでしたか」

だったらすぐに反論しなよ、と思ったが、そんなことは言えない。

「やっぱり、砂糖を入れましょうね。本当は、これに牛の乳を入れてもおいしいんですよ」

「へえ。牛の乳ねえ」

剣之介は感心しながら、砂糖を入れたカッフェを、またひと口すすった。砂糖を入れて飲むと、たしかにずいぶんおいしくなる。

「きれいな砂糖壺だねえ。〈かも川〉の砂糖壺もこれと同じものかい？」

「いいえ。よく覚えてはいませんが、同じってことはないでしょうね」

と言いながらも、おさよの表情は硬い。この同心は、なぜか気になるところを突いてきている。

「おいらには、どうしても不思議なんだよ」

「なにがです？」

「どうして、能登屋はカッフェを飲んだとき、変な味がしたのに、同じカッフェを飲んだ沢木屋さんは変な味と思わなかったのかなと」

あのときの様子を、ずいぶんくわしく聞きこんできたらしい。隣の梅吉も意外そうな顔をしている。梅吉は話すわけがないから、能登屋の手代や用心棒、あるいは〈かも川〉の仲居なども、話したはずである。

「ああ、それはあのときにも言ったのですが、病があるとものの味がわからなくなったり、変な味に思えたりすることがあるんですってね。それではないかと思ったんですよ。すると、案の定、能登屋さんは持病の心ノ臓の発作で……」

「なるほどなあ。それと、もうひとつ。能登屋が砂糖に毒を入れたのではないかと言いだしたとき、すぐに砂糖壺から砂糖を入れて、飲んでみせたらしいな。どうやって？」

「どうやってって、どういうことですか？」

「なあに、その手つきなどだよ」

「たしか、こうして」

おさよは、砂糖壺から匙で何杯も、砂糖を自分の茶碗に移した。

「あれえ」

亀無は素《す》っ頓狂《とんきょう》な声をあげた。

「なんですか」

「いやね、沢木屋さんは砂糖壺を持ち、斜めにして、掻き入れるように砂糖を入れたって見た者もいるんだよ」

「そんな細かいことは忘れちまいましたよ」

おさよは、とぼけた。

「それから、用心棒たちにも飲めと」

「ええ」

「用心棒は、別段、なにも変な味はしなかったと言ってたぜ」

「そうでしょうよ」

大きくうなずいて、おさよは自分のカッフェを飲んだ。さっき、匙でたっぷり砂糖を入れたため、甘すぎて気持ち悪いくらいだった。

「そうか、病で味覚が変わったのか」

亀無はそう言いながら立ちあがり、

「いやあ、珍しいものを飲ませてもらったなあ」

背中を向けたまま、嬉しそうに言った。

四

この日は朝から冷たい雨が降り続けていた。夏の名残《なご》りは完全に消え、季節は角を曲がったらしかった。

沢木屋のおさよは、憂鬱《ゆううつ》だった。雨は昔から嫌いだ。雨音を聞いていると、胸の奥に痛みのような感情が走る。

もしかしたら、雨の日はいつも家で酒を飲み、喚《わめ》いたり暴れたりした大工だった亡父の嫌な思い出が、関係しているのかもしれない。そして、店をやるようになると、なにより雨の日は人出が少なく、当然、客も減った。だから、雨の日はいまでも、軒先に照る照る坊主を吊るしている。

――いい歳をして……。

と思いながらも、店の軒の、さすがに目立たない隅っこに、それを吊るしていると、軒先に八丁堀同心の亀無剣之介が立っていた。傘の下の頭には、髷からはみだしたちぢれっ毛が、今日もカビのようにふわふわと揺れていた。

「おや、亀無さま」

「うむ。また、沢木屋さんに訊きたいことができたんでな」

「まだ、あるんですか？」

おさよは眉をひそめた。頭痛がしてきそうだった。

「じつは、昨夜は遅くまで〈かも川〉にいたんだが」

「まあ。おいしいものでもいただいたんですか？」

「いや、おいらはああいう気取ったところで飯を食っても、まったく食った気がしねえ。貧乏が骨身に沁《し》みてるのか、蕎麦屋でずるずる蕎麦をかっこんでるのが、いちばん性《しょう》に合ってる」

「そうかもしれませんね。あたしも同じですよ」

「こんな立派な店の女主人が、そんなこと言っちゃいけねえよ」

亀無は店を見まわしながら言った。

「こんな店先でもなんですから、奥へお入りくださいな」

おさよはそう言って、亀無を中に案内した。手代たちが心配そうにこちらを見ている。梅吉は一緒に来ようとする仕草を見せたが、おさよは首を横に振って、ついてくるのを制した。

梅吉は今度のことはなにも知らない。一時、計画を打ち明けようかと迷ったこともある。だが、いまになってみれば打ち明けずにおいてよかったと思っていた。やっと、堅気になりつつある若者なんだから……。

奥のおさよの間は、質素なものだった。中庭もなければ、女らしい飾りなどもない。倉庫の出入りを見張るための部屋でもあった。

「こんな部屋で、すみませんね」

「うむ。沢木屋さんが一生懸命、働いてきたというのがわかる気がするよ」

「旦那。沢木屋さんとおっしゃるのはやめてくださいな。呼び捨てにするか、さよという名のほうを呼んでいただけたら」

「じゃあ、おさよさんと呼ばせてもらおうかな」

亀無は照れながら言った。

「それで、〈かも川〉では、なにか見つかったんですか？」

「見つけたわけじゃねえんだが、あのとき、あんたたちがいたという部屋に入れてもらい、カッフェはなかったけど、茶をすすりながら、ああだこうだと考えてみたんだよ。そう言えば、あのとき使った砂糖壺を池から引きあげてね。こちらの砂糖壺は広口だったが、あっちのは口のところがもっと狭かったね」

「そんなつまらないことが、なんだって言うんですか？」

「なあに、たとえば、砂糖の上に別の白いものを乗せておいたとするぜ」

「それは、毒ってことですか」

「ああ、毒でもいいんだが」

「それを掻きだすようにすくうと、全部、入ってしまって、残っているのは下の砂糖だけになっちまう」

「では、あたしがその毒を全部、飲んでしまったと」

「いや、それだったら、おさよさんはとっくに死んでるよ」

「わかんない話ですね」

おさよはそう言って、倉庫の壁にできた雨の染みを見つめた。

すると、亀無も一緒になって、同じほうを見つめている。

しばらく静かな刻が流れた。

やがて、亀無が友達にでも語りかけるような調子で言った。

「あの日のカッフェの件については、誰に訊いても、おさよさんは怪しくないと言っていた。どうやったって、能登屋にだけ毒を飲ませることなんかできないって」

「はい」

「でも、毒を飲ませなくても、毒らしきものは飲ませることができたんじゃないか、そう考えてみたんだよ」

「どういうことでしょう」

「じつは、昨夜、いつも飯の世話をしてくれる婆やが熱を出してね、それで代わりにおいらが娘に、飯を炊いて食わせたんだよ。ところが、どうも水が少なかったみたいで、口に含むとすぐに、まずいと言いやがった」

「子どもは正直ですからね」

とは言ったが、唐突《とうとつ》に家の話を持ちだしたのはなにか不自然だった。もしかしたら、嘘っ八《ぱち》ではないのか。

「まったくだな。でも、おいらは我慢しろって叱った。そのとき思ったんだが、やっぱり能登屋が口に含んだあの砂糖は、変な味がしたんじゃないかってね」

「…………」

「もし、それが毒なら、それをどっさり入れて飲んだおさよさんは、死んでしまう。でも、変な味はするが無毒の白い粉だったとしたら、別に身体はなんともない。そのあと、能登屋は砂糖が怪しいと指摘した。すると、おさよさんは砂糖壺の上のほうを全部すくって飲んでしまった。これで、壺の中に変な味のものはなくなっている。だから、そのあとで飲んだ用心棒や梅吉さんなどは、とくに変わった味なんてしなかった……とまあ、そんなふうに考えてみたわけさ」

「………」

おさよは答えなかった。実際、頭痛がひどくなっていて、答える気にもなれなかった。

「我慢したんじゃねえのかい、おさよさんは？」

「我慢ねえ。そう言えば、我慢ばかりの人生だったような気もしますねえ。現にいまだって、頭が痛いのを……」

はぐらかすようにおさよは言った。

「我慢するのは、おいらも一緒だぜ」

亀無は親しげに言った。

「あら、北町奉行所の、泣く子も黙る同心さまが」

「冗談言うなよ。与力ならともかく、同心なんざ、ほかの役人からは不浄役人扱いされるばっかりだ。町人たちだって、できるだけかかわりにはなりたくねえから、表向きはにこやかでも、裏では塩をまかれてる。そんな仕事だもの、我慢することばっかりだよ」

ため息までついた。

「それにしても、旦那」

「なんだ？」

「どうしてそんなことをしなくちゃいけないんですか？　そんな馬鹿馬鹿《ばかばか》しいお遊びみたいなことを」

と、おさよは訊いた。すると亀無は、

「それはわからねえんだが、こういうことってのはあるんじゃないかね。それより前にしでかした悪事か、そのあとでやるつもりだった悪事をごまかすために、別の騒ぎをつくるっていうのは」

やや自信なさげにそう言った。

「まあ、面白い」

おさよはぽんと手を打ったが、自分の声がずいぶん嗄《しわが》れているのがわかった。

五

亀無剣之介が、この日は早めに八丁堀の役宅に戻ってくると、外の通りにおみちの楽しそうな笑い声が聞こえていた。

おみちは二歳の、まだ足元がおぼつかないころに、母を亡くした。幸い、面倒を見てくれることになったおたけ婆やに懐《なつ》き、とくに母のいないのを苦にする様子もなく育ってくれた。こまっしゃくれて、ときどき大人が驚くようなことも口にしたりする。それでも、あんなに明るい声で笑うのは珍しいことだった。

声をかけずに玄関をあがり、奥の間をのぞくと、やっぱり志保がいた。

このところ、連日、おみちと遊んでくれている。今日は向かいあって、お手玉で遊んでいた。

志保の姿を見ると、やはり胸の奥にせつない思いが浮かびあがってくる。剣之介が若かりしころ、志保の横顔をどんな思いでそっと見つめたことか。

志保は、嫁いでしばらくして男の子を産んだ。だが、その子が歩きはじめのときに、流行りの風邪で亡くなってしまったのだ。おみちと遊んでいる様子を見ると、さぞやいい母親になっただろうと思う。

「やあ、いらっしゃい」

奥の間に足を入れながら言った。

「あ、お帰りなさいませ」

手を止めると、宙にあったお手玉が、ばらばらっと畳に落ちた。七、八個ものお手玉が同時に宙にあったようだ。そういえば、志保がお手玉の名人だったことを思いだした。

「おたけはまだ、具合が悪いみたいかい？」

そう言いながら、台所の脇の部屋をのぞいた。おたけは横になっていたが、すぐに起きあがろうとする。

「おい、いいよ、いいよ。そのまま寝てなって」

「でも、ご飯を炊かなくちゃ。剣之介さまに固いご飯を炊かれると、おみちさまがかわいそうですから」

そんなやりとりを聞いた志保が、後ろから、

「おたけさん、いいのよ。あたし、もう炊きこみご飯をつくって、おひつに入れてきたから」

「あら、まあ」

おたけが恐縮し、おみちが「わあい、わあい」と喜んだ。

と、そこへ、

「剣之介、いるか？」

声がするとともに、松田重蔵が入ってきた。松田はいつもそうで、我が家同様にあがってくる。亡くなった妻が生きているころもそうで、これにはいつも唖然としていた。

「なんだ、志保もいたのか？」

「兄上こそ、家に戻らず、こちらに直行ですか」

「ちと、訊きたいことがあってな……そなた、そうして剣之介の娘と一緒に遊んでいるのを見ると、やはり剣之介と夫婦になっておけばよかったな」

不意打ちのような言葉に、剣之介はむせた。志保はぷいっとそっぽを向いた。いきなり、こういうことを口にできるのが、松田らしいところである。素直と言えば素直だが、機微《きび》を気にしないところが度を超している。

「それより、剣之介。どうだ、能登屋の一件は？」

松田は、いつもこうして調べの途中経過を訊きたがるのだ。そのつど報告はあげていても、文書を読んでいるだけでは、松田自身の推測は剣之介に聞いてもらえない。それが言いたくてたまらないのだ。

「では、こちらに」

剣之介は、松田を書斎に招いた。

「報告は読んでいる。わしなりにいろいろと考えてみた」

「はあ」

その、わしなりがいつもすごいのだ。剣之介はひそかに身構えた。珍説にあたって昏倒することだってあるかもしれない。

「まず、最初に結論を言うぞ。あの日、〈かも川〉で倒れた能登屋は、じつは死んでいない」

「えっ」

剣之介は、めまいのような衝撃に襲われた。

「死んでいないと……。だが、あのときは仁斎という医者が、ちゃんと脈などを確認していますが」

「それは医者もぐるなんだよ」

「なんのために、そんな芝居を?」

「わからないか。それは、いったん死んだことにして、おさよを殺すためさ。そうすれば、能登屋は下手人にはならないからな」

「そりゃあ、死人ですからね」

「そうだろう」

松田はどうだと言わんばかりの顔で、懐から煙草を出し、ここに置きっぱなしにしてある松田の煙管で悠然《ゆうぜん》と煙草を吹かした。

「だが、松田さま。能登屋はそのあと、ずっと死んでいるんですか？」

「いや、もしかしたら、殺そうとして失敗し、逆に殺されてしまったか、あるいは、どこかでまだ機会をうかがっているかだ」

うっかりすると、能登屋の墓を掘り返せなどと言われかねない。

「もし、それがうまくいったとして、能登屋はこの先、どうするんですか？　まさか、生き返ったとでも言って、のこのこと出てくるのですか？」

「馬鹿な。それは、隠居して、どこかでひっそり暮らすか、あるいは別人として、新しい商いをはじめるかするつもりなのさ」

「ほう」

剣之介はひそかにため息をつき、すこし横になりたいと思った。

六

この日——。

亀無剣之介は、朝から日本橋の南、通三丁目にある能登屋に来た。

あの日の能登屋の行動を逐一、確かめるつもりだった。朝、起きてから、どこでなにを食べ、誰と会い、どこを通って〈かも川〉までやってきたのか。

能登屋は葬儀のときもそうだったが、かなり混乱していた。店の隅では、能登屋の女房や倅《せがれ》、親戚らしい者や取引先らしき連中が集まり、口角泡を飛ばすような勢いで話しあっていた。長男の克蔵は、完全に気圧《けお》されている様子で、能登屋の将来が案じられた。

剣之介は、店先で暇そうにしていた用心棒をつかまえ、路地の奥に引っ張りこんだ。この用心棒も、能登屋が死んだあとは、毒っ気が抜けたような面《つら》になっている。

「能登屋は、沢木屋のおさよのことを、本気で怒っていたんだろうな」

「そりゃあ、すごかったですよ。とくに、こっちのお得意さまが、沢木屋の偽の南蛮酒に鞍替《くらが》えしたとわかったときは、そのまま匕首《あいくち》でもつかんで走りだしそうな勢いでしたから」

「おさよのほうも、それは知ってたんだろ」

「でしょうね。だから、うちの旦那がいくら出てこいと言っても、ずっと出てきませんでしたから」

「でも、あの日は出てきた」

「そりゃあ、あんだけしつこく言われたら、承知しますぜ」

「能登屋も待ちに待った会合だったわけだ。とすれば、殺すには絶好の機会でもあった。いや、実際、殺すつもりだったんじゃねえのか?」

「それはあっしにはわかりませんよ」

用心棒の酒焼けしたような赤黒い顔に、不安の影が走った。下手《へた》なことを言えば、奉行所に引っ張られるとでも思ったようだ。

「そうかな。やるとしたら、おめえじゃねえかと思ったがな」

「そりゃあ違いますって。あの旦那はわしらになんざ頼まねえ。そっとひとりでやるか、よほど言いなりにできるヤツにやらせますよ。なにせ、用心深い人だったから」

たしかにそうかもしれない。おさよが襲撃された件で、そのとき、下手人を見た連中の話を調べ直してみたが、重なるような者は能登屋にはいない。金で、身元が割れない悪党に依頼したのだろう。

「おけいはどうだ?」

と不意打ちのようにいきなり訊いた。こうすると、嘘はつきにくいのだ。

「料亭の女主人ですか？　さあてねえ」

本当にわからないらしい。

「よし、おめえの番は終わりだ。ちょいと、このあいだの手代を呼んでくれるかい？」


呼ばれた手代が、冴えない顔でやってきた。

「どうしたい？　しょぼくれた面してるじゃねえか」

「なあに、さっそくゴタゴタがはじまったみたいで、おれっちなんぞはお払い箱になりそうな雲行きでさあ」

「おめえには、弦蔵が死んだ日の一日の動きをくわしく教えてもらいたいんだが、朝飯はここで食ったのかい？」

「ええ。奥でおかみさんや若旦那たちと食ったんでしょう」

おそらく、朝の飯は関係ない。胃の中でこなれて、もしも毒があったら、とっくにまわっているはずである。

「昼はどうした？」

「昼はたいしたものは食ってません。もともと旦那は昼飯なんぞに無駄な時間をかけない。飯に汁をぶっかけて、ちゃちゃっとかっこむのが普通でした。あの日も、あっしらと一緒に、朝の味噌汁をぶっかけて食いました」

「これだけの大店の旦那でも、粗食なんだな」

「粗食だから、こんだけの店がやれるんですよ。あっしらみてえに、小金を持つと散財したくなるようなヤツは、所詮《しょせん》、店なんて大きくはできねえ」

手代は自嘲気味に笑った。

「だが、あの日の〈かも川〉という料亭は、ずいぶん高そうな店だったぜ。弦蔵はいきつけなんだろ」

「あれ、ご存じなかったんで？　あの店のおかみのおけいさんてのは、沢木屋のおさよさんと同じで、昔の旦那のお妾ですよ」

「やっぱり、そうかい」

もしかしたら、と思ったのは、おさよとおけいが姉妹のようによく似ていたからである。おさよを妾にしていたなら、おけいも好みの女だったろう。漁色家には、まったく違う類《たぐい》の女と付き合いたがる男と、同じような類の女ばかり求める男がいる。能登屋は、後者のほうだったらしい。

「でも、いまは旦那というより、ただの面倒な、払いの悪い客だったでしょうね。酔って、乱暴するようなこともありましたし」

能登屋は調子に乗りすぎたのだ。弱い女でも、毒一服《いっぷく》あれば、殺すことができるのである。

「あの日、能登屋は沢木屋より早く、〈かも川〉に入ったのかい？　そのあたりの弦蔵の動きをつぶさにしゃべってもらいてえんだが」

「ちっと待ってくださいよ……」

手代は遠い目をしながら、一部始終を思いだした。

暑いなかを歩いて、〈かも川〉に到着した。

そこで、おけいに声をかけられ、手代と用心棒は玄関脇の坪庭のようなところで、冷たい水と手拭いを出してもらった。能登屋弦蔵はそのときはもう、おけいとともに、中の部屋に入っていた。

「じゃあ、短いあいだだが、弦蔵とおけいがふたりきりになっていたんだな」

「ええ。それはまちがいありません。でも、あの穏やかなおかみが、なにかしたって言うんですかい？」

「まあ、それは……」

命じたのは沢木屋のおさよで、おけいはそれに従っただけかもしれなかった。

七

料亭〈かも川〉のおけいは、このところ身体の調子がよくなかった。痛いとか苦しいとかいうのではないが、皮膚の表面にうっすらと寒気のようなものがあったり、逆に顔が変に火照《ほて》ったりした。そして、それは身体の深いところにできた重い病からきているのだ、という予感もあった。

そのことを思うと、気も沈んで、なにもしたくなかった。

能登屋のことがあったからではない。その前からだった。むしろ、身体の不調があったから、あの日のことが起きたのかもしれなかった。

「沢木屋のおけいを殺す」

と、能登屋から持ちかけられた。

「いい毒が手に入った。菓子に練りこんで食べさせるのだ」

「菓子に?」

「そうよ。だが、あいつは警戒してなかなか口にしないかもしれねえ。だから、似たようなものをつくるんだ。かたちは同じでも、赤い色には毒を入れ、白いものは無毒というように。わしはしらばくれて無毒のほうを食う。そして、あいつには毒入りのほうを食わせることにしよう」

　これが能登屋の計画だった。

　だが、おけいはこの計画のことを、ひそかに沢木屋のおさよに告げた。

　おさよもまた、自分と同じ境遇にあることは知っていた。最初の資金こそ出したが、そのあとはずっと、自分の風下《かざしも》に置こうとする。超えていく者や、能登屋の支配から独立する人間は許さない。このあいだなどは、お得意さまが〈かも川〉を句会に利用してくださるというので確保していた部屋を、自分の会合のため、無理やり予約を取り消させた。

　これからもそんなことが続いていくのだろう。もう、うんざりしていた。

　おさよに告げると、

「それを逆に食べさせましょう」

と、おけいの手を握った。おけいは、ただ、おさよを助けたいために教えただけで、まさか逆襲を決意するとは思わなかった。その分、おさよのほうが若く、勇気もあるのだと思う。

計画はおさよがつくった。

能登屋がよこした毒は、花の菓子に包むこと。その代わり、能登屋が言った色とは別の色の菓子に毒を入れること。

そして、毒殺を隠すため、同じ席で毒の騒ぎを起こすこと。それはカッフェに仕込んだ偽の毒で、それによって毒殺の可能性を否定してしまうこと。

こういう手順は、すべておさよが考えたことだった。

——あの人は本当にたいしたもの。

自分にもあれくらいの気概があれば、こんなにいつまでも能登屋の言いなりにはならなかっただろう。いいように使われながら、こんな歳になってしまった。

——本当なら、自分がもう十年も前にやっていてよかったのだ。

そうも思う。

あの日は本当にうまくいった。カッフェのあと、どさくさにまぎれて食べさせようと思っていた菓子を、いきなり食べてくれた。もちろん、あたしがさりげなく、赤い花を食べてみせたから、つられて食べたんだけど。

ただ、心配なことがあった。

それは、今度のことを調べはじめている八丁堀の亀無という同心のことだった。

見かけは冴えない。話していると、頭のまわりが悪いのではないか思えてくる。だが、ああいう男は機転こそ利かないが、じっくり物事の深いところまで追及してくる。むしろ、ああいう人間のほうが怖いのだ。おさよはまだ若いから、どうしても見た目に騙される。

――もし、今度のことが見破られそうになったら、わたしが罪をかぶってもいい。

おけいはそうも思った。

おさよのことは他人のような気がしなかった。幼いころ、死に別れた妹がいたが、その生まれ変わりのような気さえしていた。

そんなことを思いつつ、おけいは重い身体に気合を入れ、店を開ける準備に取りかかった。

亀無剣之介は、能登屋から日本橋を渡り、右に折れると、人形町通りのほうから長谷川町の〈かも川〉に向かった。おさよの沢木屋がある瀬戸物町を通っていくこともできるが、おさよの顔を見るのは気が進まなかった。

〈かも川〉はまだ暖簾を出しておらず、準備をはじめたばかりらしい。ちょうど玄関前にいたおけいは、剣之介を見て眉をひそめた。このおけいは、おさよとは違って、初めて会ったときから、剣之介のことを警戒するように見ていた。

玄関脇の、おけいが帳簿をつけたりする部屋に入った剣之介は、静かな声でおけいに、いままで考えたことを語った。

変な味のする砂糖のこと。

それは、その前後におこなおうとした悪事をごまかすために仕組んだのではないか。

そして、能登屋がここに入ってすぐ、わずかな時間だが、おけいとふたりきりでここにいたこと……。

おけいは、途中からずっとうつむいて聞いた。

「なあ、おけいさん。そのとき、ここでなにをしていたんだい？」

と言いながら、剣之介は部屋を眺めた。ひとつずつ、ゆっくり見ていく。おけいが剣之介の視線を追うのがわかった。

茶簞笥《ちゃだんす》がある。ここで目を止めた。

おけいの膝が、くいっと閉まった。

「この部屋を調べさせてはもらえねえかな」

「いいですよ。ただ、お金の隠し場所などもありますので、それはちょっと移させていただいてよろしいでしょうか」

「それくらいはかまわねえが」

格子の入った窓があるだけで、外にいれば逃げようがない。変なところに隠されても、見つけだす自信はある。

剣之介は外に出た。それは油断だった。

やけに遅い。

不安になって、戸を開けるといない。

――しまった。

押入れの中に、隠し戸があった。ここから逃げたのだ。

あとを追った。

姿は見えない。人通りは右手のほうに多い。まぎれるならこっちだろう。右手に一町ほど行くと、東堀留川が流れている。ここは蔵地になっていて、海鼠《なまこ》塀の蔵が立ち並んでいる。そのあいだから見える掘割には、荷揚げの船がずらっと並んでいて、人足《にんそく》たちが重そうな荷物をかついだりしている。

ふと、そのあたりが騒がしくなった。剣之介は走った。

「飛びこんだ」

という声もする。おけいではないか。このあたりで飛びこんでも、堀の深さはたいしたことはない。すぐに助けることができる。

小走りにそちらに向かうと、右手に橋が見えた。万橋《よろずばし》である。その橋が見えたとき、剣之介は足を止めて、

「駄目だ」

と言った。欄干に女がぶらさがっていて、橋と女のあいだに縄があるのが見えた。縄を首に巻き、一方を欄干に結んでから、飛び降りたのだ。

——あのとき、目を離すのではなかった。

悔やみながら、橋に近づいていった。

近くにいた人足たちに手伝ってもらい、おけいの遺体を引きあげた。

さっきまで気丈《きじょう》な表情を見せていた顔が、首くくり特有のだらしない表情に変わっていた。

遺体に蓆《むしろ》をかぶせてから、まわりにいた者に、飛び降りたときの様子を聞いていると、若い娘がおかしなことを言っているのが耳に入った。

「あの女の人が飛び降りる寸前に、持っていた包みを開いたの。すると、そこから赤と白の花が、ぱあっとこぼれ落ちたんだ。きれいだったよ」
十六、七の町娘だった。
「いまの話は本当か」

そばにいって、剣之介は訊いた。

「本当ですよ」

「なんの花だ?」

「それはわかりません。すぐに沈んでいきましたから」

「沈んだ?」

剣之介は周囲を見まわし、人足《にんそく》に橋の下にもぐってくれるよう頼んだ。

堀の深さは、せいぜい人の背丈くらいだという。

若い人足が気安く引き受けて、橋の下にもぐった。濁っているので、見通しはきかない。手探りでなにかをつかむしかない。

「どうだ、なにかあったか」

「ううん、あったような気もしたんですが」

返事がはっきりしない。

「なにかあったかと思ってつまもうとしたら、とけたり、壊れたりしたような」

「なんだ、それは?」

「なんなんでしょう?」

「花はないか?」

「それはなかったですぜ」

上流は行き止まりの掘割でも、潮の満ち干の影響で、多少の流れはある。広めにもぐってもらったりもしたが、結局、なにも見つからなかった。

八

夕方——。

気落ちして家に戻ってくると、今日もおみちは志保に遊んでもらっていた。

おみちは見たことのない浴衣を着ている。朝顔の柄で、青い花の色が涼しげである。

「この浴衣は?」

「わたしの子どものころのものが出てきたので、どうかなと思って」

偶然、出てきたように言ったが、探してくれたのではないか。なんとなく、見覚えもあるような気がする。

「これはかたじけない」

「いいえ」

やわらかい笑顔に、甘えたい気持ちが出た。

「志保さんに訊きたいことがある」

「なんでしょう」

「花というのは、水に沈むかな？」

「さて、どうでしょう。桜の花びらが、流されているのは、よく見ますね」

「ああ、そうだな」

「試してみたらどうですか」

庭先にも少し花がある。種を蒔《ま》いた覚えもないので、おそらく松田家の庭の花が種をこぼしたのが、こっちに飛んできたりしたのだろう。松田家の庭は、先代のころから、庭いっぱいに花が咲き乱れ、多少、少なくはなったが、いまも季節ごとに鮮やかな色に染めあげられる。

志保は手早く、向日葵《ひまわり》の花びらを取り、葵《あおい》の花もつまんだ。さらに、いまは閉じている朝顔の花と、毒々しいくらいに赤い彼岸花も採った。これらを、懐から出した手拭いに包むように入れた。

日本橋川まではすぐである。剣之介と志保とおみちで、並んで歩いた。越前堀へと流れこむほうにかかる霊岸橋の上に立ち、志保が手伝ってあげて、おみちに花びらを放らせた。

「わあ、きれい。小さな花火みたい」

と、下をのぞきこんだおみちが喜んだ。

色とりどりの花びらが、小さく上下しながら、ゆるい流れに乗った。

「沈みませんね」

「そうだな」

剣之介はうなずいた。だが、花びらが沈まないだろうというのは、はじめからわかっていたのだ。

三人でゆっくり、川下のほうに歩きだした。

夕陽が川岸に、斜めに差してきている。薄い川霧が出ているのか、それが夕陽に照らされていて、風景全体がぼんやりと滲《にじ》んだようになっている。夢の中の景色のようだ。

まだ、おみちくらいのころ。

剣之介と志保と松田重蔵とで、こんなふうに遊んだことがある。

花ではなく、流したのは笹舟だった。この橋か、あるいは湊橋だったか、笹舟を流し、そのあとをこうやって追っていった。

「思いだした……」

「え」

どきりとした。

「剣之介さんの笹舟が、いつも途中でひっかかったり、沈んだりして」

同じようなことを思いだしたようだ。

「そうだったかな。どうも、おいらは子どものときから、ドジばかり踏んでいたみてえだ」

「そんなことありませんよ。あのね、剣之介さん」

悪戯っぽい目になっていた。

「わたしたちは、三人とも、どこか変な子どもだったんですよ」

「変な子？」

「そう。まわりの子どもたちとは、どこか気質《きしつ》も違って、調子が嚙みあわなかった。だから、いつも三人で遊んでたでしょ。八丁堀には同じ年頃の子たちが、たくさんいたにもかかわらず」

「たしかにそう言えば」

「それは、三人が変だったから。いまだって、皆、そうでしょ」

「それはわしと、松田さまにはあてはまるかもしれぬが、志保さんは……」

ふと、志保の顔がひきつったようになった。

橋のたもとで、こちらを見ている男——南町奉行所の定町廻り同心、大高晋一郎《おおたかしんいちろう》。志保の亭主だった。

大高のことは昔から知っていた。松田重蔵のような、ハッとするようないい男ではないが、苦味走《にがみばし》った男っぽい顔立ちである。志保がこの男のところに嫁《とつ》ぐと聞いたときは、なるほど、あんな男がふさわしいのかと思った。

志保が嫁に入ったあとも、大高とは何度か仕事で顔を合わせている。南北の両奉行所が総出で警護をするときもあれば、同じ盗賊を追うため、双方で打ちあわせをしたこともあった。てきぱきと物事を処理できる有能な男だった。ただ、ときおり奥歯を強く噛みしめる癖があり、神経質そうなところも感じられた。

大高はこちらを見つめたが、なにも言わず、踵《きびす》を返した。

「いいのですか」

「いいのです」

と言いながらも、志保は大高の後ろ姿をじっと見つめている。

憎しみの感情はうかがえない。怒りもない。

——せつなさと言うべきか。

下手人の嘘を見破る自信はあっても、志保の気持ちを探るのは難しかった。

九

三日後——。

剣之介はまた、〈かも川〉を訪れた。店は閉まっておらず、白壁がきれいな、小粋《こいき》なたたずまいの玄関は、掃除も行き届き、盛り塩もしてあった。

あるじはいなくなったが、番頭や板前たちで相談し、しばらくは続けてみることにしたという。

「おけいさんの身のまわりの世話をしていた小女がいたな？」

と、番頭に訊いた。目立たないが、こまめによく動く娘のことを、剣之介は覚えていた。おけいが川に捨てたと思われる花らしきものについて、誰か知っている者は、と考えたとき、この娘のことを思いだした。

「ああ、お妙《たえ》ですね」

すぐに呼んでくれた。

おけいの死からまだ立ち直れないのだろう。しょんぼりした姿が痛々しい。

「なにか？」

「おけいは花が好きだったか？」

と、剣之介は訊いた。お妙は、小柄で愛嬌のある顔立ちである。いかにも女主人がかわいがりそうな娘だった。

「花ですか……」

首をかしげ、庭を見た。庭は樹木こそ多いが、とくに花は見あたらない。松田家の庭なら、五、六種の花がいつも咲いている。

「とくに花を育てたりということはなかったですが、ただ……」

「なんでえ？」

「このあいだ、能登屋の旦那さまに言われて、花をつくってました」

強い訛《なま》りでそう答えた。言葉の終わりが変なふうにあがるのは、常州訛りだろう。

「花をつくる？」

「はい。しんこ細工みたいに、花びらをつくり、重ねて、花にしていました。赤と白のきれいな花でした。おかみさんは、お菓子だと言って、ひとつだけ、あたしにも食べさせてくれたんです。本物そっくりで、とてもお菓子には見えなかったです」

「それだ」

「え」

「いや、こっちの話だ」

おけいが万橋から飛び降りて、首をくくったとき、川にまいたのはそのしんこ細工に似た花だったのだ。水にもぐった人足がつかもうとすると、消えたり溶けたりしたのは、それが菓子だったからだろう。

なぜ、それをわざわざ掘割にまいたか。理由は容易に想像がつく。それこそが毒だったからだ。

能登屋は、あの席でおさよを殺すため、その毒の花を準備させたのだろう。その花は、赤か白かどちらかが毒入りで、一方は安全ということになっていた。だが、おそらくはおさよと打ちあわせたうえで、おけいは能登屋を裏切った。

毒の花を、おけいは能登屋に言葉巧みに試食させた。

たとえば、白いのは毒、赤いのは大丈夫と、赤い花を食べてみせる。

だが、おけいは大丈夫だが、能登屋は死んだ……それはなぜだ。

「お妙はそれを食べたんだな。何色を食べた？」

「赤です。おかみさんが、これだけよってつまんでくれました」

「赤い花か……」

やはり、なにか引っかかる。赤白だけでなく、もうひと工夫があったのではないか……。


気持ちのいい風が吹いていた。秋風である。

商談がうまく進んだ。頼んでおいたカッフェの茶碗の柄が、すばらしいものになってあがってきたのだ。西洋の女たちが、馬に乗って駆けているという図柄である。女が馬に乗っているというのがいい。江戸の女たちに、清新な刺激を与えるだろう。

大量注文を約束し、この取引相手を見送るため、店先まで出てきたところであった。

向こうから、同心の亀無剣之介がやってきた。木箱のようなものを下げている。元気のない足取りだった。いや、元気がないどころか、悲しげな表情である。

「ちっと奥に入れてもらうぜ」

通りにいたおさよを見て、珍しく強引な口調で言った。

この前も招き入れたおさよの部屋に入れると、

「おけいが死んだことは聞いただろ」

神妙な声で亀無は言った。

「ええ」

三日前のことである。〈かも川〉の番頭が報《しら》せてくれて、通夜に駆けつけた。

おさよは泣いた。遺体にすがって、声が出なくなるまで泣いた。

あたしを助けてくれた。能登屋の仕打ちに、ふたりで愚痴《ぐち》を言い、励ましあい、ついにおさよが殺されるとわかったとき、裏切りを決意してくれた。能登屋がおさよを殺そうとした手口を、おけいが漏らしてくれたのだ。

それがわかったからこそ、逆襲は簡単だった。能登屋の計画を少しひねればいいだけだった。

「おいらも迷ったんだ」

「なにをですか？」

「なあに、能登屋は病死だってことにしちまおうか。あるいは、毒殺だったにしても、おけいがすべて仕組んだってことにもできる。おけいは首を吊って死ぬとき、それを望んでいたのかもしれねえ……だが、それでいいのかってね」

「どういう意味なんでしょう？」

「どんな下手人であっても、やっぱりお天道《てんと》さまの光をあてなくちゃならねえのかな」

「亀無の旦那、どんな相手であろうと、光をあてるのが、お天道さまなんじゃありませんか」

おさよはそう言って、嫣然《えんぜん》と笑った。お得意さまから、ここのところ急に艶《つや》っぽくなったと言われた。いい男ができたんだろうと。

思いあたる男はいなかった。最近、知りあった男というのは、この亀無剣之介だけだ。おさよは、まさかねと思ったものだった。

亀無は、意を決したような顔をすると、持ってきていた木箱から、皿をふたつ取りだした。皿の上には、最中《もなか》や饅頭《まんじゅう》と一緒に、例の花のお菓子も混じっていた。

見てすぐに、おさよはどきりとした。

「おけいの部屋からこれが見つかってね。この菓子をおさよさんに食べてもらいてえんだ。どうも、菓子に毒を仕込んだようなんでね」

「え……」

「断ることはできねえ。断れば、このまま奉行所に引っ立てる。食べてくれたら、あるいはそんなことはせずに済むかもしれねえ」

これは罠なのだと、おさよは思った。亀無剣之介が、確信が持てない犯行の決め手を、この罠に託《たく》そうとしているのだ。

だが、これは関門なのだ、とも思った。ここをうまくくぐれば、もう亀無の追及はなくなるのかもしれない。

ただし――。

おけいからは、どちらかに毒を入れるとは聞いていたが、赤か白かは聞いていない。聞く前に、能登屋が先に毒を食らってしまったからだった。

どっちだろう。

手を伸ばした。その手が震え、迷った。

赤か、白か。

それが、死ぬか、生きるか。

おさよの手が、派手な色のほう、すなわち赤い花を取り、口に入れた。口の中でやわらかく溶け、品のいい甘さが広がった。おいしい。

亀無の目を見ながら、身体の異変を待った。能登屋のように、胸を掻きむしって死ぬのだろうか。

なんともない。

どうやら毒は白い花らしい。

よかった。

おさよは胸を張った。

だが、同心の亀無は、ぼそぼそと話した。

「おさよさんは、死んだよ」

「え」

「白が毒じゃないんですか」

「いや、赤が毒だ」

「でも、あたしはなんとも」

「そこに、おけいさんがひと工夫していたのさ。まあ、赤をよく見てみねえな。

同じ赤でも、花が開いているのと、蕾《つぼみ》のままのとがあるだろ。この蕾のほうは大丈夫で、あんたが食べた開いたほうは、毒なのさ。あの日、おけいさんは赤の蕾をさりげなく食べてみせた。能登屋はそれにつられ、花の開いた毒のほうを食っちまったというわけさ。もちろん、今日の花には、本当に毒なんか入れるもんか。毒入りの花は、おけいが首をくくったとき、全部、川に捨てちまったよ」

「そうだったんですか」

亀無はあたしを引っかけようとした。もし、あたしが蕾の赤い花をつまんでいたら、ほうら、おめえはちゃんと、どれが毒だったか、知っていたんじゃねえかと追及されたのだろう。

だが、あたしは毒がないなんて知らないまま、毒の花を食べた。

——あたしはなんて、ついているのだろう。

おさよは微笑《ほほえ》みを禁じえなかった。

だが、亀無はおさよの目を凝視し、

「おさよさん。うまく引っかけから逃《のが》れられたと思ったかい」

「なんのことですか」

「花の菓子のことなんて、なにも聞いていなかったのかい？」

「なんにも知りませんよ」

「ああ、そうかい。そこで、あんたはもう引っかかっちまってるのさ」

「なにを言ってるんです？」

おさよはしらばくれながら、胸が苦しいくらいに波打っているのを感じた。うまく逃げたはずなのに、もしかしたら絡め取られてしまったのか。この亀無という男は、やはりとんでもなく切れ者だったのか。

「おさよさん。皿の上をよく見てもらえねえかい」

「え」

「おいらは菓子を食べてみてくれと言ったんだぜ」

「あっ」

皿には、花の菓子だけではない。最中も載っていた。饅頭もあった。そっちはまったく目に入っていなかった。

おさよは、身体から力が抜けていくのがわかった。耐えていたが、すでに限界だった。

「そうですよね……」

ふつうなら、菓子と言われたら、こっちに手を出すはずである。花の菓子は、菓子になんて見えない。寿司の脇の笹の葉のような飾りにしか見えない。知っていなければ、絶対に手を出さないものだった。

「落ちてしまったね、おさよさん」

亀無はそう言った。悲しげな声だった。

そのとき、閉めておいた襖が開き、梅吉が飛びだしてきた。

「おかみさんをどうする気だ」

光るものが振りあげられた。

「おやめ、梅吉」

と、おさよが後ろで叫んだ。

亀無は見かけからはうかがえない、すばやい動きを見せた。脇に置いていた刀を取ると、立ちあがりながら抜き放ち、梅吉の手首のあたりを打った。鳳夢想流《おおとりむそう》免許皆伝の腕前である。

いつの間にか刀の峰が返されていた。軽く打っただけに見えたが、それでも手には衝撃が走り、梅吉はたまらず、持っていた刃物を落とした。

刃物は匕首などではなかった。台所からつかんできた菜っ切り包丁で、こんなものでは、切られてもたいした怪我《けが》にはならない。おさよが捕まると思った瞬間、逆上してつかんだに違いない。

「よけいなことをすると、ますますおかみさんの罪が重くなるぜ」

亀無は静かに諭《さと》すように言った。

「あっ、申しわけありません」

梅吉はくずれ落ち、頭を下げた。

「旦那、梅吉は旦那を傷つけようとしたわけでは」

おさよが亀無の足にすがりついた。

「わかってるよ。おいらはいまのは見なかったことにする。お天道さまが雲に隠れたんだ」

「ありがとうございました」

おさよが頭を下げ、しばらくそのまま嗚咽《おえつ》を耐えていた。

「さ、そろそろ行くぜ」

「はい。わかりました」

おさよは立ちあがった。

捕縛はしない。

店の者たちに挨拶をさせた。亀無はそれを、すこし離れたところで見守った。

おさよがやってきて、歩きだした。

瀬戸物町の通りを、おさよはいつもどおり胸を張って歩いた。

「振り返って見なくていいのかい。あんたが女手ひとつで築きあげた身代だろ」

「ええ、いいんです。じつは、あの日、能登屋と会うためにここを出るとき、見納めになるかもしれないと思って、じっくり眺めておきましたから」

「そうだったのかい」

と言い、むしろ亀無が沢木屋の店構えをじっくり見た。

店の前には、手代や小僧、女中たちも勢ぞろいして、おさよを見送っていた。

「お戻りになるまでお守りします」

と、梅吉が大きな声で言った。

それはおそらく容易なことではないだろう。

なにより、おさよが死罪になってしまうかもしれない。

「もしも、あんたが殺さなければ、あんたのほうが間違いなく殺されていた。そこんとこは吟味のほうに、よぉく伝えておくぜ」

と、亀無は言った。

「ありがとうございます」

瀬戸物町から呉服橋前の北町奉行所までは、駿河町を抜けていくのが近道である。だが、亀無は日本橋を通って、呉服橋に向かった。奉行所に入ってしまえば、賑《にぎ》やかな日本橋など二度と眺められるかどうかわからない。

おさよは混雑する橋の上を、ゆっくりと、踏みしめるように歩いた。

渡り終えようというところ、左手の蔵屋敷があるあたりに、おさよと同じ歳くらいの女が、娘と寄り添い、川を眺めている様子が見えた。なんと、そのふたりは、志保とおみちだった。遊びがてら、ここらを散策しているのだろう。

そのふたりを、おさよが足を止めて見た。

もちろん、亀無とあのふたりの関係など、おさよには知るよしもないし、志保とおみちもこちらには気づいていない。

「ああいう道もあったのになと思います。店を大きくしようとか、売上を伸ばそうとか、そんなことばかり考えるのじゃなく、子を産んで育てて、のんびり毎日を送って……」

おさよが静かな声で言った。

「そうじゃねえんだ、おさよさん。あっちの道には、また別のつらさがあるのさ。どんな道も、傍《かたわら》から眺めるほど、楽でも幸せでもねえんだよ」

志保とおみちを見つめながら、亀無は言った。

「そうかもしれませんね。それに、あたしのような女は、どの道をいっても、またこっちに戻ってきてしまうような気もします」

日本橋を渡って、右に折れた。やがて、呉服橋の向こうに北町奉行所が見えてきたとき、おさよはふっと笑った。

「どうしたんでえ」

「いえね、旦那が最初にあたしの前に現われたときのことを思いだしましてね」

「ああ」

「まさか、この旦那があたしのしたことをわかるわけがないって思ったんです。馬鹿でしたよ。商売で偽物ばっかり扱っているうち、本物の男の見方がわからなくなっちまったみたいです」

「そんなことはねえ」

「いい男ですよ。旦那は」

「馬鹿言っちゃいけねえよ」

亀無剣之介は、ひとりだけ夕陽を浴びているような、真っ赤な顔になっていた。

第二話　死人の川

一

旗本の高林新蔵《たかばやししんぞう》は、庭に面した戸をすべて開き、朝からずっと、縁側近くに置いた机の上で書き物を続けていた。高林はいったんこうなると、腹も空《す》かない。屋敷の用人《ようにん》から身体に障《さわ》ると言われ、粥《かゆ》を食べたはずだが、それがいつのことだったかも覚えていない。気がつくと、陽は沈みかけ、机の上の紙もぼんやりと薄青い色を滲《にじ》ませるばかりになっていた。

――疲れたな。

ようやく筆をとめ、首を何度か右に左にまわした。

根をつめて書いていたのは、幕府に提出する意見書である。ペルリの来航以来、江戸の町もさまざまな混乱を見せはじめた。高林は幕政の運営よりもむしろ、揺らぎだした町の秩序をどう維持し、またどう改革していくべきかが気になっている。そこで、そうした考えをしたため、意見書にして提出した。

これが幕閣のあいだでも、好評だったという。

「時代が激変しているいま、そなたには期待しておるぞ」

と、ご老中から直々《じきじき》に声もかけてもらった。

「もっとくわしい案も出すように」

とも言われた。高林のやる気も増すわけである。

高林新蔵は、旗本のなかでも切れ者と評判だった。高林家の石高は三千石。拝領された麻布のこの屋敷の敷地も、千二百坪ほどある。

家来は、用人、侍、中間、徒歩《かち》などに六人の奥女中を入れて、およそ二十名ほど。本来なら、もっと多くの家来を雇うべきだが、切り詰めている。

というのも、高林は有能ぶりを認められながらも、無役の寄合組にいるので、お役目にかかる扶持米《ふちまい》はもらえない。そのため、内証《ないしょう》は厳しい。

もともと高林の家は、書院番に出るべき家柄だったが、父がつまらぬことで失敗し、代々の役職を失った。その父は、十年ほど前、失意のうちにこの世を去っていた。

「なんとか当家を盛り返してくれ」

それが父の遺言だった。

暗くなっているのに気づいて目をこすり、火を入れさせるため奥女中を呼ぼうと立ちあがった。書き物をするときは、気が散るので、奥女中たちも書斎には近づかないように命じてあった。

空を見ると、雲が出ている。だが、ぶ厚く空全体を覆う雲ではなく、半々ほどの割合で空も見えていた。月のあたりにはちょうど濃い雲がかかっていたが、雲は動いており、まもなく明るい満月が姿を見せるはずだった。

今宵は九月十五日（旧暦）。中秋の名月、いわゆる十五夜である。

月にまつわる行事というと、江戸では十五夜よりも七月二十六日（旧暦）の二十六夜待《にじゅうろくやま》ちのほうが、町は賑《にぎ》わいを見せる。月の出を待って、夜っぴて町をそぞろ歩くのだ。十五夜はむしろ、家族でひっそりと名月を観賞するという家が多かった。

ただし、それも場所によってはいくらか違う。

高林の屋敷に近い麻布界隈《かいわい》では、十五夜は多くの人出で賑わった。十五夜というと、衣《きぬ》かつぎと呼ばれる里芋を食うのが習《なら》いだが、麻布六本木の芋洗い坂には、その芋を売る市《いち》が立って、毎年、大勢の客を集めていた。

高林は散歩が唯一の楽しみである。酒も煙草《たばこ》もやらない。朝に夕に、家の周囲をまめに歩きまわる。せいぜい麻布から芝、高輪界隈で、さほど遠くまでは行かない。その代わり、細かく町の様子を見て歩く。

庭に面した廊下を歩きながら、

——今日は高台あたりをそぞろ歩くか。

そう思った。満月の明かりに、江戸の町々が照らされるのを高台から眺めるときれいなものである。昼間の喧騒や人間の汚濁《おだく》も消え失せ、やわらかな白い絹でもかぶされたように、ひっそりしてしまう。

そのとき、庭の隅を何者かが横切った。

——ん？

欅《けやき》の大木のあたりの、闇に目を凝らした。

倅《せがれ》の竹蔵《たけぞう》が、裏庭から友人と出ていこうとしているのが見えた。様子がどことなく、こそこそしている。もっとも、今日にかぎったことではなく、あの倅はいつも、後ろめたさを抱えているようなところがある。

ひとり息子である。女の子もない。いまのところ、たったひとりの子どもであり、この先もつくることはないだろう。

だからといって甘やかすことはなく、厳しく育ててきた。離縁した妻が厳しすぎると高林をなじり、甘やかしたがったが、断固、許さなかった。むしろ、そのことが離縁の理由のひとつになった。

一緒にいるのは、酒巻陣伍《さかまきじんご》といって、やはり旗本の倅である。家も近く、父の酒巻辰二郎《たつじろう》のことも知っているが、辰二郎は町のごろつきとも付き合いがあったりと、あまり評判がよくない。倅のほうにも、どこか崩れた感じがうかがえた。高林にしてみれば、酒巻陣伍は倅の悪い友だちである。あまり付き合ってもらいたくない。

あんなろくでもない友だちと付き合っているくらいなら、なぜ、もっと学問に精を出さないのか。それが、高林のひとり息子に対するいちばんの不満だった。

裏木戸を開け、出ていくときに、酒巻陣伍が、

「後ろにそっとまわるさ」

と言ったのが聞こえた。それに倅の竹蔵も答えたようだが、その言葉は聞こえなかった。なんとなくその言葉が、心に引っかかった。

散策に出る前に、軽く腹ごしらえをしようかと、女中たちがいるほうに向かっ

た。だが、途中で足を止めた。

——後ろにそっとまわるとは、なにをしようとしているのか。

嫌な予感がした。

裏木戸の向こうはちょっとした崖になっている。狭い石段がつくられていて、そこをくだり、寺の裏道を少し行くと、新堀川の川原に出る。

近所の者が狸橋と呼ぶ小さな橋がかかっているが、あたりにはほとんど人家もなく、ひっそりとしたところである。向こう岸の上あたりには大名家の下屋敷もあるが、人が出入りするのは滅多《めった》に見たことがない。

釣りをする者はたまに見るが、竹蔵に釣りの趣味はない。なにをしに、あんなところに行くのか。

高林新蔵は、しばらく迷ったが、あとを追いかけることにした。一応刀掛けから大刀を取って、腰に差す。

裏木戸を開け、崖の石段を下りた。苔《こけ》で滑りやすくなっている。下りるとそこからもう、新堀川の川音が聞こえていた。左手の寺は清源寺という、ここらでは指折りの大きな寺である。だが、裏手にあたるため、塀の一部に崩れかけたところがあったりして、物寂しい感じが漂っていた。

すぐに川っぷちに出た。川原は芒《すすき》が生い茂り、風に穂を揺らしている。稲穂の波と違って、どことなく凄愴《せいそう》な気配が漂う。

あたりはかなり暗さを増し、悲しげに蒼い光が、うっすら残っているだけである。見まわしても、人影はない。

土手の上を早足で歩き、立ち止まって耳を澄ませた。

カキン。

かすかに刃《やいば》と刃がぶつかる音がした。続いて、

「やっ」

という声がした。幼い子どものような澄んだ声である。

高林はあわてて四方に目を凝《こ》らした。向こう岸の左手あたりのようだ。そこには、少し上流の狸橋を渡っていかなければならない。

高林は走った。

「あああ」

苦しげな呻き声も聞こえてきた。倅の竹蔵の声に似ている。不吉な予感に心ノ臓が早鐘のように鳴りだし、息が苦しくなってきた。

高林新蔵は狸橋を渡ると川原に下り、芒を掻きわけながら走った。長い葉が、

肌を傷つけるのもわかったが、それどころではない。新堀川に流れこむ細い流れがあったが、たいした深さもなく、じゃぶじゃぶと音を立てて進んだ。

不意に、芒の群れが途切れた。

相撲《すもう》の土俵を大きくしたような、丸い砂地の一画《いっかく》があった。

「これは……」

高林は息を飲んだ。そこに、三人がいた。竹蔵と酒巻陣伍、そして見知らぬ子どもである。

ぱっと見て、

——決闘か。

と思った。三人とも倒れていたし、暗くてよく見えないが、血の匂いがぷんぷんした。

竹蔵はと見ると、手を地面についてひざまずいている。一瞬、こっちを見たようだが、そのまま土下座《どげざ》でもするように、前のめりに倒れた。背中から刃が突き出ていた。

「竹蔵」

息子の名を呼んだ。

「しっかりしろ」

返事はない。

息も止まったのではないか。

刀を抜こうかと思ったが、下手に動かすとますます臓物《ぞうもつ》を傷つけかねない。

「死ぬな。死なんでくれ」

厳しく育てはしたが、大事なひとり息子である。失うことなど、考えもしなかった。

その向こうには、さきほど一緒に出ていった酒巻陣伍も倒れている。こちらは、首から血を流していたが、手を掻きむしるように動かし続けていた。

もうひとり、尻餅をつき、呆然としている少年がいた。

「なにをした！」

高林は少年に怒鳴った。

「無理やりに」

雲間から満月が顔を出し、相手の顔がよく見えた。倅の竹蔵よりはひとまわり小さな身体つきだが、利発そうな表情をしていた。

「なに」

「わたしは嫌だと言ったのですが」

「だから、卑怯なことをしたのか」

「わたしがですか。逆です」

高林新蔵が問いつめようと、顔を寄せた。

相手の少年の顔に、輝くような感情が見受けられた。また、この少年に見覚えがあるような気もした。

「高林さんが、後ろから不意を襲ったのです」

「嘘をつけ」

そう言って、もう一度、倅を見た。死んでいるとひと目でわかった。生意気な表情は消え、子どもに帰ったような表情だった。

高林新蔵に、目もくらむほどの怒りがこみあげてきた。

「よくも、ひとり息子を」

新蔵の形相《ぎょうそう》が変わり、少年は後ずさりした。腰を下ろしていたのが中腰になり、後ろ足ですばやく下がった。身体のやわらかな、少年らしい敏捷な動きだった。

「逃がさぬぞ」

「お待ちを」

「黙れ」

刀を抜き放つと、こちらを向いたままの少年を、袈裟懸《けさが》けに斬った。少年の顔が激しく歪《ゆが》み、両手で虚空をつかむような仕草をし、うつ伏した。

高林新蔵は、激しい息を繰り返した。いくら吸っても息ができない気がした。

風が吹き、芒の群れが大きく揺れる。

「はっ」

左手の芒の群れのなかに、人が立っていた。目を見開き、こっちを凝視している。

町人だった。歳は六十ほどで、薄汚いなりをしている。身体はひどく小柄で、子どものようである。

「見たのだな」

「あ、はい。でも、二朱いただけたら誰にも言いません」

「なにっ」

二朱は八分の一両にあたる。口止め料はたったそれだけでいいと言うのだ。

「旦那さまが抵抗もしない子どもを斬ったことも。そちらの坊ちゃんたちが、嫌がるそっちの子どもに、無理やり刀を抜かせたことも」

やはり、そうだったのか。少年が言ったことは嘘ではなかったのだ。倅の竹蔵は、なんとくだらぬことをしたのか。

それをこの汚らしい爺《じじ》ぃが、すべて見てしまった。

「いや、一朱、それで、誰にもしゃべりません」

半額に値切った。三千石の旗本を、たかだか一朱で脅そうというのか。馬鹿馬鹿《ばかばか》しいほど頭の悪い小悪党《こあくとう》である。どうせこんなヤツは、いくら口止めしようが、かならず誰かに話してしまう。

「信用できぬな」

高林は刀を持ったまま、足を踏みだす。

「ひっ」

老人は後ろを向いて逃げだした。だが、足が悪いらしく、逃げるのも精一杯だった。

すぐに追いついた。少年と同じく刀で斬ろうとしたが、

――待て。

心の中で、それを押しとどめる声がした。斬り殺せば、倅たちの殺しあいとなにかつながりがあると思われるかもしれない。とすれば、死んだ倅は町人殺しに

もかかわったということになってしまう。

高林は刀を放り、老人の襟をつかんで、いったん地面に引き倒すと、両手を首にかけた。

細い首だった。片手でも絞められそうな気がした。それでも、両方の手に、

「えいっ」

と力をこめた。

「ううう」

白目を剝き、すぐに動かなくなった。

立ったまま、呆然と老人の死骸を見つめるうち、

「あっ」

と、声が出た。

——わしは、なにをしたのだ。なにをしてしまったのだ。

逆上していた心が、不意に冷静になった。

高林新蔵は、急に自分のしたことに畏《おそ》れを抱《いだ》いた。

このところうまくいきつつあった日々の暮らしが、がらがらと崩れていくようだった。

少年を斬り殺した。これは、なにより罪が重い。素性《すじよう》はよく知らないが、訛《なま》りもなかった。おそらく他藩の武士ではなく、れっきとした幕臣の息子なのだろう。

そして、少年を斬ったところを目撃した老人まで殺した。

このまま、老人の死体を川に流したとしたら、金杉橋のあたりで海に流れ出るだろうか。死体があがったとき、たとえ斬られて死んだわけではなくとも、上流での少年たちの決闘との関係が疑われるのではないか。

――なにか、細工をしなければ……。

高林は、咄嗟《とっさ》に頭をめぐらした。

このあたりのことは、日々の散策や、町の人々との挨拶で、細かなことまで知っている。そこに、この危機を回避するための手がかりもあるのではないか。

少し川下《かわしも》に小舟が見えた。

それから老人の遺体を見た。

「よし」

と高林はつぶやき、袴から着物をたくしあげると、着物の裾を裂き、急いで紐をつくりはじめた。そう丈夫である必要はないが、できるだけ長い紐が必要だった。

高林は、老人の遺骸を川岸まで運び、川に浮かべた。この川は岸からすぐのところで急に深くなる。あやうく自分もはまりそうになった。

仕掛けは終えた。

遺体は満月の明かりに照らされながら、静かに川下へと流されていった。

「こっちは、これでいい」

急いで、少年たちの死体があるあたりに戻った。

高林はさきほど、もうひとりの少年を斬った刀を、倅の竹蔵に握らせ、竹蔵の刀と交換した。竹蔵の刀にはわずかな血糊《ちのり》もついておらず、相手に傷ひとつ与えることができなかったらしい。

高林はもう一度、少年たちを見た。竹蔵と相手の少年は完全に息絶え、酒巻だけがかすかに息があった。だが、出血はひどく、助かる見込みはないだろう。

それでも、ここは医者を呼ぶ必要があった。

高林は土手を駆けあがり、町家が並ぶあたりに叫びながら駆けだしていた。

「医者はおらぬか。誰か、医者を呼んでくれ」

二

亀無剣之介は、麻布を大きく蛇行して流れる新堀川の川原をゆっくり歩いていた。川原の多くは丈《たけ》の高い芒《すすき》の原になっているが、風が吹くと、ところどころに白い野の花が顔を見せた。川風は涼しいというより、むしろ冷たく感じられる。秋の空は高く晴れあがり、心地よい天気である。ところが、剣之介は不調であった。頭がずきずきと痛み、鼻水が止まらない。

「ハックション」

くしゃみをすると、反対側の川原を歩いていた中間の茂三が、心配げにこっちを見た。

風邪をひいたのだ。

本来なら、ここは定町廻り同心の多古《たご》専二郎《せんじろう》が担当する地域である。だが、多古は風邪をひいたとかで、この四、五日ほどは休んでおり、代わりに剣之介が駆りだされた。

それはしかたがない。剣之介は臨時廻り同心で、定町廻り同心の応援をするのが役目である。ただ、なんとなく釈然としないのは、昨日、多古の家の前を通ったら、多古本人が庭の植木を掘り返していたことである。

「もう、ほとんどいいのだが、喉をやられているようなので、明日あさってあたりまで休むことにした」

とのことだった。多古は剣之介よりも十歳近く年長で、文句も言いにくい。それにしても、すでに昨日の時点ですら、剣之介よりも多古のほうが元気そうだったのである。

加えて、今日は頭痛がひどい。おそらく熱も出てきているはずである。だが、休むわけにはいかない。剣之介が休むと、同僚の視線はにわかに厳しくなる。ふだん、よほどのんびり仕事をしていると思われているのだ。

当人としては、休みなく、毎日必死で働いているつもりである。だが、剣之介のおっとりした顔つきや冴えない風体《ふうてい》、間延《まの》びしがちな話しぶりなどから受ける、これは悲しい誤解だった。

昨夜遅くに、麻布の新堀川で死体があがった。

三の橋の近くである。新堀川というのは、渋谷のほうからくだってきて、麻布から芝のあたりを流れ、海へそそぐ川だが、途中二度ほど、ほぼ直角に曲がる。

麻布十番あたりで直角に曲がったところにかかる橋が、一の橋と言われ、そこから上流に二の橋、三の橋、四の橋とあり、数がつく橋はそこで終わる。

　遺体が見つかった三の橋は、周囲は会津藩の下屋敷など、広大な武家屋敷に囲まれたひっそりしたところだが、それだけに風雅を愛する人たちには、好まれていた。現に、この夜も名月を眺め、句会を開いていた人たちがいて、上流から来たこの遺体を見つけ、大騒ぎになった。あるいは名月の夜でなかったら、気づかれずに、海まで持っていかれたかもしれない。

　死体は、三田古川町の自身番に運ばれた。そこから急遽《きゆうきよ》、北町奉行所に報《しら》せが届き、ちょうど帰ろうとしていた剣之介がつかまってしまった。

　しかたなく、そのまま三田古川町へ向かったときは夜の四ツ（ほぼ午後十時）をすぎていた。

　被害者は、小柄な老人で、溺死ではなく、首を絞められてから川に流されていた。細い首に強い手の力が加えられ、痣《あざ》もできていたし、骨も折れているかもしれない。それでも苦悶の表情は消えていた。

　懐《ふところ》からは、蕎麦も食えないいくらいの小銭が入った巾着《きんちやく》と、百眼《ひやくまなこ》という顔の上半分につけるお面がふたつ出てきた。

「もしかして、百眼の米吉《よねきち》か」

と、剣之介が自身番にいた町役人に訊いた。このお面をつけたまま、歯磨き粉を売って歩く米吉という男が、江戸の巷《ちまた》で人気になっている。

剣之介も両国橋のあたりで見かけたことはあったが、なにせお面をつけていたので、顔の判別は難しい。

「いや、米吉はもっと若い男です」

町役人は三人ほどいたが、いちばん年長の男が答えた。

そこに、たまたま芝伊皿子町の岡っ引き、三五郎《さんごろう》が顔を出した。酒が入っているらしく、目のまわりは真っ赤である。

「亀無の旦那……」

「よう。どうした?」

「外の通りから旦那の姿が見えたのでね」

なにせ、剣之介の頭は、髪の毛がカビでも繁殖したようになっているので、じつに見分けがつきやすい。

「殺しですかい?」

「ああ。三五郎さんよ、この仏に見覚えはねえかい?」

かけてあった莚《むしろ》をはぐと、三五郎はすぐに、

「たしか、こいつは……」

「知ったヤツか？」

「平六《へいろく》という歯磨き粉売りですよ」

「こいつも歯磨き粉売りかい」

「なあに。百眼の米吉みたいな売れっ子とは違いますよ」

三五郎は、鼻でせせら笑うように言った。

――昨夜はそこまでで切りあげた。

今朝、三田古川町まで行ってみると、三五郎は調べを進めていて、やはり平六であることを確認していた。

「恨みかな」

と、まだ番所にある死体を見下ろしながら、剣之介が言った。親類縁者はないらしく、今日中に平六の長屋の連中が葬儀を済ませる予定だった。

「いやあ、恨みをうけるような男じゃねえですよ」

三五郎は首を横に振った。

「善人かい？」

「とんでもねえ。その正反対で、ろくでもねえ男ですが、あまりにも小物の悪でね、こんなヤツは恨むよりも皆、自分で殴りつけてしまいますよ。だから、恨みが残るなんてことはありえねえんで」

「商売のほうはどうだ？」

「行商ったって、売っているのは砂と塩を混ぜただけのような歯磨き粉です。売れてるところも見たことがねえくらいです」

「だが、商売道具はまだ見つかっていねえ」

「こんな野郎の商売道具なんざ、わざわざ取るほどでもないはずなんですが」

「どのあたりをまわっていたんだい？」

「ここんとこは、天現寺から広尾町にかけてまわっていたようです」

「それなら、新堀川の上から流れてきたのは不思議じゃねえってわけか」

剣之介は腕を組んだ。

どうもすっきりしない。刀傷ではないので辻斬りというのは考えられない。首を絞められた以外は、暴行を加えられた様子もない。

「歯磨き粉がたいして売れないとすると、どうやって食っていたんだ？」

「この爺《じじ》ぃはどうやら、他人のしくじりを嗅ぎつけるのは得意だったみたいでしてね。そうやってつかんだネタで、脅しとまではいかないが、たかりのようなことはしていたようです」

「なるほど。なにか握ってたかろうと思ったのが、逆に殺されちまったか」

それなら、首を絞められたのも納得がいく。

「じゃあ、三五郎親分には、天現寺から広尾町にかけて、こいつの足取りをあたってもらおうかい。おいらは、こいつが流れてきた新堀川をさかのぼってみることにするよ」

三五郎はうなずき、手下をふたり連れて、番屋を出ていった。

剣之介はもう一度、平六の死体を見て、

「おい。茂三。これを見なよ」

と、かかとのあたりを指差した。中間の茂三は、ひょろ長い背丈を丸めてしゃがみこみ、遺体の足を持ちあげた。かかとから少し上にかけて、わずかだが、引きずられてできたような傷があった。

「引きずられたのかな」

「いや、旦那さま。もしかしたら、流されるあいだに川底でこすれたのかもしれません」

「それはあるな」

と、いったんはうなずいたが、

「昨夜の新堀川の水量は少なかったかい？」

番屋にいた町役人に訊いた。

「いいえ。ここんとこ水は多いです。水底でこすられるというのは、どんなもんでしょう」

「ふうむ。それじゃあ、川に放りこむ前についた傷ってことになるか」

剣之介は平六の莚を掛け直し、

「じゃあ、茂三。行くか」

つらそうな顔で言ったものである……。


「茂三。なんか、あったか？」

「いえ、とくには」

剣之介が上流に向かって左の岸をたどり、中間の茂三が右を歩いている。水辺になにか異変はないか、丹念《たんねん》に探っているのだ。

三の橋からさかのぼると、流れはすぐに大きく右手に曲がる。それからしばらくいくと、四の橋である。こちらは町人地が多いこともあり、三の橋界隈《かいわい》より橋を渡る人の行き来は多かった。

四の橋をすぎ、右手の大きな寺をすぎたあたりである。

剣之介の足が、いったん止まった。小舟をつけたようなあとがあった。人の足跡もいくつかある。だが、死体を引きずったようなあとではなかった。大勢がここで舟を乗り降りしたのだろう。とくにおかしなことではない。

さらに上流に進んだ。

「これは？」

芒の群生するところから水辺まで二尺ほど砂利《じゃり》になっているが、そこに二本の線と、人の足跡が見て取れた。奥のほうから現われたものらしく、茎の折れた芒が、なにかを運んだような跡を残している。

「おい、茂三。怪しいものを見つけたぞ。川を渡ってこられるか？」

「旦那さま。ここはけっこう深いですよ。あそこに橋があるので、ぐるっとまわりますから」

二町ほど上の橋を渡り、茂三が駆けてきた。

「これだ、茂三」

「ああ、なるほど。こりゃあ人を引きずった跡ですね」

折れた芒をたどると、もっと踏みしだかれたところが現われた。

「ここらで殺されたか。昨夜、なにか騒ぎがなかったか、ここらで訊いてみるか」

剣之介と茂三は、土手をのぼった。

ここらは大名屋敷の裏手にあたり、ひとけはほとんどない。さっきの場所で年寄りが叫んだくらいでは、誰にも声は届かなかったかもしれない。だが、少し下流に戻ると、町屋が並ぶ一画《いっかく》があった。

並びの手前に、カタンカタンと音を立てながら、軒下で萱《かや》の茣蓙《ござ》を織っている男がいた。剣之介はその男のところに近づき、

「ちと、訊きたいんだがな」

「なんでしょうか」

男は萱のくずを頭につけたまま、剣之介を見た。朱房の十手《じって》ですぐに八丁堀の同心とわかったらしく、顔が少し強《こわ》ばる。

「昨夜、このあたりで、喧嘩をしているような声は聞かなかったか」

「喧嘩？　ああ、旗本の坊ちゃんたちの？」

「なんだ、それは？」

思ってもみない話が出てきた。

「いえね、川向こうの旗本の坊ちゃんたちが、そこの川原で決闘沙汰《ざた》を起こしてね。互いに斬りあって三人が死んだんですよ」

「三人も」

剣之介は茂三と顔を見あわせた。

「町役人も来たのか」

「一応はね。でも、お武家さまのご子息のことだから、あまり突っこむことはできなかったでしょう」

とりあえず、近くの自身番を訪ねたが、やはり、たいしたことはわからない。武家のことだから、町人は口出しできないのだ。

いずれも、このあたりに住む旗本と御家人の子だったこと。とくに、高林という少年は、向こうの川岸から少し坂をあがったところにある高林新蔵という大身の旗本の倅だというのはわかった。

だが、それだとますます、くわしい話は訊きにくい。

ふと、思いついた。

「いくらなんでも、医者くらいは呼んだだろう」

「ええ。あちらの京庵《けいあん》先生を」

表の通りから二本ほど奥に入った路地裏に住む、京庵という医者を訪ねた。裏長屋には似合わない大きな看板があり、蘭方・田中京庵と書いてあった。

訪《おと》ないを入れると、現われた顔は、医者らしくないにこやかな表情だった。歳は五十前後といったところだろう。

「昨夜あったという斬りあいについて、うかがいたいのだが」

「町方の同心どのが？」

「ちと、別の件のこともあってな」

「なんなりと」

そう言ってうなずいた。

土間の上がり口に腰をかけ、

「なにがあったか。京庵さんが見たことをお聞かせいただきたい」

「昨夜、いきなり武士が飛びこんでこられてな。名はあとで聞いたのだが、高林新蔵というお人でした。以前から、このあたりを散策していた人なので、顔は見知っていた。偉ぶったりしない、穏やかなお人柄の方です。それはともかく、その高林さまが、『倅たちが決闘に及《およ》んだ。川原で怪我をし、横たわっている。手当を願いたい』と、早口でそんなふうに言った」

　京庵の話はしっかりしている。

　口ぶりなどから、もとは武士なのかとも思った。

「決闘とな」

「わしは急いで、川原に駆けつけた。三人の少年たちが、血を流して倒れていた。あんな子どもでは、決闘というのはおおげさだ。喧嘩といったほうがいい」

「相当、大がかりな喧嘩だったのだろうな」

「いや、一対二の喧嘩で、三人が皆、死んでしまった」

「それは変だ」

　喧嘩というのは、十人同士ではじまったとしても、殴りあっているのはたいがい前にいる二、三人で、あとは後ろで眺めていたりする。ましてや斬りあいとなれば、もっと腰は引ける。とすれば、喧嘩と呼ぶより決闘のほうがふさわしい。

「報《しら》せにきた父親によれば、最後の斬りあいを目撃したそうだ。ほかの者はいなかったらしい。ひとりが先に斬られ、次が相打ちだったのだろうな」

「即死か」

「いや、わしが呼ばれたときは、ひとりはかすかに息をしていた。旗本の子で酒巻陣伍といった。だが、ここで介抱するうち、まもなく息を引き取ったよ」

「もうひとりは？」

「早瀬丈助《はやせじようすけ》といって、こちらは御家人の子だった。どうもこの早瀬と、旗本組の高林と酒巻とが、一対二で戦ったみたいだな。早瀬の父に訊いたところでは、同じ剣術道場に通っていたらしい」

だいたいはわかった。

だが、この少年たちの喧嘩と、歯磨き粉売りの年寄りの死は、関係があるのだろうか。

「その決闘があったのは、いつごろだろう？」

「わしが呼ばれたのは、暮れ六つをまわって、四半刻ほどしたころかな」

「そうか……」

平六の死体が三の橋のところで見つかったのは、五つくらいである。もし、平六が少年たちの喧嘩のかかわりで殺され、川に投げこまれたとしたら、あそこまで流れつくのは、もっと早い時刻だったはずではないか。

昨夜は川の水も多めで、浅瀬に乗りあげ、引っかかって動かなくなるというのもなさそうだった。とすると、あと半刻ほど（一時間）早く流れついていてもよさそうなのだ。

剣之介は考えこんだ。

京庵はそんな剣之介をじっと見ていたが、

「もういっぺん訊くが、なんで武士の息子の喧嘩に八丁堀が？」

ふつうはよけいなことまで話さないが、剣之介はなんとなく、この医者には好感を持った。

「じつは、新堀川の下流の三の橋近くで、昨夜、遺体が流れてきたのさ。歯磨き粉売りの年寄りだ。こっちのほうを行商にまわっていたらしい。この年寄りがどこで殺されたのかと来てみたら、この騒ぎにぶつかったというわけさ」

「年寄りは斬られたのかね？」

「いや、首を絞められていた」

「ふうむ。それならどうかな。これから刀で斬ったはったをしようというガキが、年寄りの首を手で絞めるかね」

「まったくだ。京庵先生は、医者にしておくのは惜しいね」

剣之介はしばらく思案し、

「どういうふうに三人が倒れていたか、ちょいと図面にしてもらえねえかな」

と頼んだ。

「それはかまわぬが」

京庵が筆を取ろうとしたとき、

「先生。怪我人だ」

大工の格好をした男たちが、飛びこんできた。戸板に怪我人が乗せられている。

「どうした？」

「屋根から落ちたんだが、下に壊れた甕《かめ》があった。それで腹が……」

怪我人の腹にはさらしがあてられているが、それが真っ赤に染まっていた。相当な出血の量だ。

入り口近くにいた茂三と剣之介は、入れ替わるように外に出た。だが、中の様子は見えている。

「湯を沸かせ。たっぷりだぞ。それから焼酎を持ってこい」

大工の仲間たちに命じた京庵は、あてられていたさらしを取り、すばやく傷口を確かめた。

「大丈夫だ。腸までは傷ついちゃいねえ。すぐに縫うぞ。そこに針と糸があるから取ってくれ」

てきぱきと指示を出し、さっそく傷を縫いはじめた。一見、乱暴なようだが、顔つきを見れば、さまざまなことを考えながら、ひと針ずつ手を動かしているとわかる。

こんな鄙《ひな》びたところにいるのは、勿体《もったい》ないような医者である。だが、腕のいい蘭方医《らんぽうい》というのは漢方医の妨害があるため、江戸の中心では商売がしにくいこともあるらしい。

亀無の知り合いにも、ご禁制の薬を使っているというたれこみで、厳しい取調べをされた医者がいた。

半刻ほどして、ようやく縫い終わった。

「傷はふさいだ。ただ、だいぶ血を流しているので、予後は五分《ごぶ》五分《ごぶ》だな」

しばらく、この長屋の奥の部屋に寝かせるらしく、奥に運ばせた。当人は、どこで寝るつもりなのだろう。

「疲れているところをすまないが」

と、剣之介は遠慮がちに寄っていき、紙を指差した。

「あっ、そういえばなにか頼まれてたっけ。なんだったかな」

「三人が倒れていたときの様子を図面にと」

「ああ、そうだったな」

京庵は、さらさらと筆を動かした。

ちょうど三角形のように、三人は倒れていた。高林は刀を突きたてられ、酒巻は左の胴を裂かれ、早瀬は前から袈裟懸けに斬られていた。簡単な人の絵に、斬られた箇所を斜線で引いたのでわかりやすい。

「こんな按配《あんばい》だった」

「助かった。いずれもひと太刀でけりがつくほどだな」

「そうだ。三人とも、傷は一箇所だけだった」

「誰と誰が、どういう順で戦ったのだろう」

「わしにはわからんな」

どちらにせよ、このあとであの平六の首を絞めることなどできるわけがない。

とすると、やはりふたつの出来事は関係がないのか。

だが、剣之介はどうにも気になった。この平和な江戸で、同じ晩に異様な出来事がふたつ続いたのである。

「帰るか、茂三」

時刻は昼をまわったくらいだろう。

やたらと汗が出て、頭がずきずきと痛んだ。

「では、京庵先生。お邪魔したな」

「待ちなよ、同心どの。顔が赤く、目が濁《にご》っている。眉をひそめているのは、頭痛がしているからだろう」

「見事な診立《みた》てだ。まさにそのとおり」

「風邪だな。薬を進ぜよう。今日は早く帰って、たっぷり寝ることだ」

三

翌日――。

京庵が調合してくれた薬は、じつによく効いた。昨夜は寝ているときに、身体がぽっぽっと温まり、たっぷり汗をかいた。朝起きてみたら、頭痛はきれいに無くなり、身体も軽くなっていた。

――たいした名医だぜ。

すっかり感心してしまった。

念のため、重い食い物は避け、やわらかく煮た粥を、梅干でどんぶり一杯ほど食べた。

　奉行所に出ていくと、定町廻り同心の多古専二郎も出てきていた。やつれた様子はまるでない。むしろ、たっぷり骨休みをして、肌なども艶々《つやつや》している。

「なんだ、亀無。わしの家に来たときも思ったのだが、顔色が冴えないな」

「そうですかね」

「疲れているのではないか。少し休んだほうがいいぞ」

　休めば休んだで、仮病じゃないかと言いだすのは、この多古に決まっているのだ。

「それなら、報告もあがっているでしょうが、三田古川町の殺しのことですが」

「なに、殺し？」

「多古さんがご担当を」

「いや、それは無理だ。わしはまだ、本調子ではない。しかも、殺しは最初に被害者を見たときの勘が、もっとも大切になってくる。なにせ、わしは被害者を見ておらぬ」

「掘り返しましょうか？」

「いや、それには及ばぬ。亀無も乗りかかった舟だ。そのまま調べを続けてくれ。

それに、さっき松田重蔵さまにおうかがいを立てると、亀無がよいとの仰せだった」

松田重蔵の言うことなど、どうせ行きあたりばったりなのだ。

だが、所詮《しょせん》、こうなるのはわかっていた。

奉行所を出ると、外で待っていた茂三が寄ってきて、

「旦那。今日はどちらに？」

と訊いた。茂三は丈夫で、風邪などはこの十年、ひいたことがない。

「御家人の倅の家に行く。早瀬といったな。家もあのあたりだそうだ」

「では、ひと足先に行って、確かめておきます」

「うむ。おいらは、少年たちが喧嘩をした川原を眺めてからいく。一刻ほどしたら、天現寺の門前で待ちあわせるか」

「わかりました」

茂三は先を歩きだした。なにせ、背が高く、足が長い。ふつうに歩いていても速いが、ちょっと急ごうものなら、見る見るうちに遠ざかってしまう。あまり気が利く男ではないが、ちゃんと長所はそなえているのだ。

一刻ほどして――。

御家人の早瀬の家は、天現寺から北に二町ほど行ったところだった。

父親の早瀬多平は、ご他聞《たぶん》に洩れず無役の小普請組ということで、家にいた。内職で虫籠《むしかご》をつくっているらしく、玄関から見える縁側にはずらりと虫籠が並んでいた。

石高はどれくらいか。八丁堀の同心などは、石高こそ三十俵二人扶持《ぶち》と低いが、方々《ほうぼう》からの実入りがある。剣之介のように見栄《みば》えのぱっとしない男ですら、いくつかの商店から面倒事を解決してくれるようにと、付け届けをもらっていた。

「八丁堀がなんの用で？」

早瀬もまた、怪訝《けげん》そうな顔をした。

葬儀は昨日済ませたということで、剣之介は仏壇に線香をあげさせてもらい、

「外で話せますか」

と訊いた。母親と娘もいて、あまり物騒《ぶっそう》な話は聞かせたくない。

家を出て少し歩くと、細い川があり、橋がかかっている。手すりもないような粗末な木橋だが、杭に広尾橋と書かれてあった。その上で立ち止まり、

「じつは、一昨日の夜……」

と、京庵にしたのと同じ説明をした。

「その歯磨き粉売りと、うちの倅たちがなにか、かかわりがあると？」

「それはわからねえんだが、息子さんが決闘をしたというのは本当で？」

「それが不思議なんだな。丈助は静かに本を読むのがいちばん性《しょう》に合っていたらしく、もっぱら読書三昧《ざんまい》の毎日だった。まさか決闘沙汰なんぞを引き起こすようなことになるとは……」

「では、殺されたとでも？」

剣之介がそう訊ねると、早瀬の父親の視線が急に泳ぐように宙をさまよった。

「いや、それは……うちの丈助だけならともかく、高林さまや酒巻さまのご子息まで亡くなったんだから、殺されたなどとは言えないが」

「なにか、引っかかることが？」

「いえ、そう変なことではないのかもしれないのだが、決闘の相手に高林新蔵さまのご子息がおられたのが気になってな」

「どうして、それが？」

「高林さまは、月に一度、学問所で天文学の講義をなさっていたのだ。うちの丈助はこれを楽しみにし、高林さまのことも尊敬しているようだった。だから、そんな先生のご子息と決闘をしたということが、どうにも信じられなくてな……」

そう言って、父親は肩を落とした。おそらく自慢の息子であり、家の隆盛ということで希望を託《たく》しもしたのだろう。

「では」

剣之介は頭を下げ、足早にそこを立ち去った。

高林新蔵は、倅が死んだ次の日の朝には、もう書き物をはじめていた。それをしないと、絶望のあまり、錯乱しそうだった。

竹蔵の葬儀には、誰から聞いたのか、元妻のさちもやってきた。追い返したかったが、そうもいかない。さちの目は、あきらかに自分を非難していた。あなたがあまりにも厳しく育てるから、こんな酷《ひど》い最期を遂げることになるのですと、目はそう語っていた。

そうかもしれないとも思う。竹蔵がこの二、三年、ひどく苛々《いらいら》していたのはわかっていた。思春期特有の心の揺れだと思っていた。ここをすぎれば、厳しい教えの意味もわかってくる。逆に、ここで手綱《たづな》をゆるめてしまえば、そのまま、そこいらに山ほどいる怠惰《たいだ》でおのれをもてあます若者へと成り下がるのだ。

葬儀の翌日も、同じように朝から机の前に坐った。昼あたりまでは、なんとか書き物に集中できた。だが、遅めの昼食をとったあと、ぴたりと筆が止まった。どうしても動かない。すぐに川原に突っ伏した竹蔵や、自分が斬った早瀬という少年の顔が浮かんでしまう。しかし、忘れなければならない。

——散策にいくか。

高林は勢いよく立ちあがった。

差した刀が、竹蔵のものだと気づく。自分の刀はそのまま竹蔵に抱かせ、墓に入れてやった。

屋敷を出て、一町ほどしたところで、あとをつけてくる者に気づいた。とくに隠れようともしていない。五間ほど後ろを、いくらか遠慮がちではあるが、あきらかにあとを追いかけてきていた。

着流しに黒の羽織。紺の足袋をはいている。腰には朱房の十手も見えた。ひと目でわかる八丁堀の同心である。

ただし、八丁堀にしては、どことなくだらしない。いちばん目につくのは、そそけだったような頭である。縮れっ毛らしく、髷《まげ》のあちこちから毛がぽわぽわと飛びだし、頭の上で小さな火事でも起きているような具合だ。顔つきにもなんとなく締まりがない。

同心の後ろには、やたらと背の高い中間もついてくる。

しらばくれて、坂道を急ぎ足に歩いた。

まだ、ついてくる。台地のいちばん高いところに差しかかっていた。町人地だが、家々のあいだから下の谷間が見えた。下れば麻布十番のあたりである。秋の陽が早々と、谷間の町に影をつくっていた。

高林は、ふと立ち止まった。わざとらしく眼下の景色を見やっていると、追いついてきた八丁堀の同心が、

「高林さまで」

と、おずおずとした様子で声をかけてきた。

「さようじゃ。なにか?」

「拙者、北町奉行所の同心をしております亀無剣之介と申します。以後、お見知りおきくださいますようお願い申しあげます」

「名はわかった。用件があるのだろう」

「あ、用件。そうです、そうです」

と笑った。

——こういう男は使えない。

高林はすぐにそう思った。なにを言いたいのか、はっきりしない。こちらが、ひとことで答えられるようなかたちの訊き方ができない。

十日に一度、講義を持っている学問所にも、こういう男が事務方として出仕しているが、どうしても苛々《いらいら》してしまう。いまでこそ無役の寄合組にいるが、いずれ役を得ることになっても、こうした男は使いたくない。

しかも、高林は身だしなみの悪い男というのが大嫌いである。髷がきちんと結われていないと、それだけで不機嫌になる。

意見書にこそ、下級武士からもどんどん人材を登用すべきだと書いた。

だが所詮《しょせん》、下級にはそれなりの男しかいないのではないか。人間、長いことその境遇にいると、どうしても身についてしまう柄《がら》というものがあるのだろう。

——不浄役人めが。

景色を見ながら、内心で毒づいた。

「ご子息のこと、お悔やみ申しあげます」

「うむ。だが、それはそのほうとは関係ないことだからな」

「はい。心得ております」

亀無は頭を下げた。だが、すぐに怪訝《けげん》な表情で顔をあげた。

「それは……」

亀無の目が、高林の腕にそそがれていた。

「なんだ」

高林もつられて、自分の腕を見た。

「小さな傷がいっぱいついてますな？」

「あ、これか。一昨日の夜、川原を走りまわったときついたのだろうな」

竹蔵たちが斬りあいをしていたところに走ったときも、芒《すすき》の葉が肌に痛かった。

だが、それだけではない。あの年寄りを追いかけたり、細工をほどこしたりしているときも、芒の葉は手足を傷つけた。だから、小さな切り傷が無数についている。

「じつは、ご子息たちが喧嘩をされた夜……」

亀無がそう言うと、高林は叱りつけるように、

「待て。いま、喧嘩と申したな。倅たちの争いは喧嘩ではない。れっきとした侍同士の決闘であり、目付もそういうことで納得している」と言った。

「そうでしたか」

「不服そうじゃな」

「そういうわけではないのです。ご子息たちが斬りあったあたりをじっくりと見てきたのですが、どうもよくわからないことが出てきまして」

亀無という同心は、そう言いながら懐から図面のようなものを出した。

「これが、手当をした京庵先生に描いていただいたのですが、ご子息たちが倒れていたところを示したものです」

「それが」

「相打ちということでした。たしかに、三人とも見事にひと太刀で斬られたり、刺されたりしていました。あれだけの傷を負ったら、ほとんどその場を動くこともできず、倒れてしまうでしょう。ところが、よく見ていただけますか」

「ん」

「この三人のあいだが、五間ほど離れているのです」

「ほう」

高林は、あの少年を斬ったときのことを思いだした。

少年は腰を下ろしていたが、高林が刀を抜こうとすると、後ろにすばやく下がりだした。高林はそれを追って、斬りつけたのだった。当然、その走った距離の分、離れてしまったわけだ。

「それは、医者が手当をするときに動かしたりしたからだろう」

「いえ、このときは動かしていないということでした。それに、拙者も地面に染みこんだ血潮の位置を確かめてきました。お三人は、間違いなくこの場で倒れていたのです」

この男、のろまのように見えるが、一応やるべきことはやるのかもしれない。

高林は、亀無ののんびりした顔を睨み、

「あ、そうだ。最後、竹蔵と相手の少年はかなりの速さですれ違っていた。おそらく、斬られたあとも勢いで動いたため、そういうことになったのであろう」

「そうですか。走って斬りあってましたか。ご覧になったのですね」

「見た」

「芒《すすき》の原っぱの中なのに？」

「土手の上から見たのだ」

「ああ、なるほど」

「だが、何度も言うが、そのことは町方のおぬしにとっては、なにもかかわりはないはずだろうが」

「まったく、そのとおりなんです。ところが、あの晩なのですが、新堀川の下流の三の橋あたりに老人の死体が流れつきましてね。これは、町人です。百眼の米吉という売れっ子の歯磨き粉売りを真似《まね》して、お面をつけて歯磨き粉を売っていた平六という男でした。この下手人を捜すのは、わたしどもの役目ですので」

「それはそうだろう」

「それで、平六が流された川の上流を探っていたら、同じ晩にご子息たちの斬りあいがあったというので、考えこんでしまったわけです」

亀無はそう言って、途方に暮れたような顔をした。

「なにを考えるのだ？」

と、高林はつい訊いてしまった。

「同じ晩に、同じ界隈《かいわい》で、人が死ぬような出来事が相次ぐものかなと。そんな偶然がありますかね」

「その平六とやらも、斬られていたのか？」

「いえ。首を絞められていました」

その答えに、高林は笑って、

「では、違うだろう。かたや刀の斬りあい。もう一方は、首を絞められた。なんら共通するところはない。その平六とやらの怨恨関係でもあたったほうがよかろう」

「は、それはやってはいるのですが」

「それに、死体は三の橋で見つかったと言ったな。新堀川は、ずっと上の渋谷の先からくだってくるのだぞ。このあたりで殺されたとはかぎるまい」

高林は、斬りあいのあった南のほうを向いて言った。

「まったく、そのとおりなんです。じつは、三の橋で見つかったのが夜の五つでしてね。ここらから流されたとしたら、たどりつくのが遅すぎる。ご子息たちの斬りあい騒ぎがあったのは、暮れ六つすぎですよね。もし、それとかかわりがあっても、一刻ほど前には三の橋あたりにたどりついていなければならない。じっくり川を眺めたりもしたのですが、死体が引っかかるようなところもなかったですし」

「そういうことになるな。そのほう、算術が得意らしいな」

高林はからかうように言った。

「だから、やはり関係はなかったのかもしれませんね。一応、念のためにお訊きしてるのですよ。その平六というのは、売り物の歯磨き粉を入れたこ汚ねえ木箱を持ち歩いていたのですが、見つからないんです。このあたりは、かならず通る道であり、どこかに落としたのかもしれない。お屋敷の近くや川原に、そんな木箱はなかったですか？」

　亀無は周囲を見まわしながら訊いた。

「気づかなかったな。では、わしは倅の葬儀などで疲れている。失礼するぞ」

　高林は歩きだした。その先を行けば仙台坂で、歩みはいっきに早くなる。

「わかりました。あ、ひとつだけ」

　亀無が横に並んだ。

「なんだ」

「昼前に、ご子息と斬りあったという早瀬丈助という少年の家を訪ねたのですが、彼の父親に聞きましてね」

「なにを」

「その早瀬少年はご子息と同じ剣術道場に通っていたのですが、それだけではなく、学問所で、高林さまの講義を熱心に聴いていて、高林先生を大変に尊敬していたんだそうです」

「ほう。それは知らなかった」

　どこかで見覚えがある気がしたのは、講義のときに顔を合わせていたからだった。

「では、散策の途中をお邪魔して申しわけありませんでした」

亀無は立ち止まり、頭を下げた。

高林は軽くうなずき、駆けるように仙台坂をくだりはじめた。


亀無剣之介は、そこから急いで両国橋近くの料理屋に向かった。茂三は途中で奉行所に行かせ、よほど急用がなければそのまま家に戻っていいことにした。

そこは、松田重蔵ともよく利用するなじみの料理屋で、着いたときは、広小路の芝居小屋などは片付けがはじまっていた。広小路は昼のあいだしか、利用を許されていない。

「すまん。また、遅くなった」

剣之介が飛びこむと、

「大丈夫ですよ。あたしたちはたっぷり面白いものを見ましたから」

と、いるはずのない志保が声をかけてきた。一緒にいたおみちも、にこやかにうなずいた。

「おや、志保さん……」

剣之介は目を丸くした。

本当は一昨日、自宅でおみちと、お月見をする約束だった。だが、新堀川の殺しで間に合わなかった。翌日は風邪で寝ついてしまい、その夜も相手をすることができなかった。

おわびに、おみちを両国橋のあたりに連れていくと約束して家を出ていた。

だが、本当なら、婆やとおみちが来ているはずだった。

なのに、志保がいる。志保は、細い縦縞の青っぽい着物に、艶《あで》やかな紅い帯をして、いかにもお洒落《しゃれ》をしてきたというふうだった。おみちも、着物の柄こそ子どもらしい花模様だが、同じ色の帯で、親子のように見える。

「婆やの代わりに来てしまいました」

「それはそれは」

まさか、あの婆やが変に気を利かしたわけではないだろう。

「ひさしぶりに手妻《てづま》とか見世物が見たくって。両国って聞いたら、じっとしていられなくなりました」

「そうか。志保さんは、それが大好きだったたっけ」

剣之介は思いだしていた。志保は子どものときから、町娘が好むような、見世物小屋が大好きだった。それも、見るだけでなく、自分でもやりたがった。皿まわしだの水芸などをやっては、皿を割ったり、家の中をびしょびしょにして、母親から叱られていた。このあいだ、お手玉を見事にやってみせたが、あれもそうした手妻や芸事の真似で上達したものだった。

「ずいぶん、剣之介さまにもやってみせたでしょ」

「そうだ、そうだ。樽から転がり落ちるのも、ずいぶん見せてもらったっけ」

「あら、そうでしたっけ？　わたし、樽乗りは得意だったはずですけど」

志保は、自分でも変わった子どもだったと言っていた。あのときは、ぴんとこなかったが、たしかにそうなのかもしれない。ふつうの武家の娘なら、あんな水芸人やら、軽業芸人などに憧れたりはしない。

「まさか。いまだに？」

「そう。いまでも大好き」

志保が子どものように顔を赤らめた。

「あたしも好き」

おみちがそう言うと、

「あらあら。変なものを好きにさせて、おみっちゃんをお転婆《てんば》にしてしまったら、剣之介さんから叱られる」

志保が舌を出した。

「お転婆だってかまわんさ。なあ、おみち」

「うん。あたし、お転婆になりたい」

「まあ、大変」

夕飯はそこそこに、三人はまだ開いているという常打《じょうう》ちの見世物小屋をのぞきにいくことにした。なんでも綱渡りをしながら、樽をまわすのだという。

暮れ六つはすぎても、両国の人だかりは途絶《とだ》えない。雑踏を進むうち、

「あの、剣之介さん……」

志保がなにか言いたそうにした。

「ん？」

志保の目がいつになく真剣だった。相談事でもあるのか。

「あ、いいんです」

「そうか……」

気になったが、剣之介はうまく訊きだすことはできなかった。

四

竹蔵が死んで三日目の朝——。

高林新蔵はふと思いたって、斬りあいの現場に行ってみた。

夜が明けて、まだ四半刻も経っていない。空は晴れ、空気は澄み、川辺は気持ちがよかった。三日前にこの場所で、前途ある少年たちが三人も命を落としたことが信じられなかった。

あの亀無という同心は、歯磨き粉売りの年寄りが道具箱を持っていなかったと言っていた。あのとき年寄りは、そんなものは持っていなかった。では、あの川原に置いていたのか。

もし、あの川原で道具箱が見つかったりしたら、倅たちとのかかわりはますます怪しくなってしまう。

芒《すすき》の原を掻きわけながら、探しまわった。だが、そんな道具箱らしいものはまるで見あたらない。

円形の空き地に出た。斬りあいの場所である。まだ、血の痕も生々《なまなま》しく残っている。つい、ぼんやりしてしまう。

ザザッと、芒を踏みしだく音がした。

振り向くと、同心の亀無が姿を現した。

「あ、これは高林さま」

「そなたか……」

なんだか、わざと待っていたような気もする。

「早いな。こんな時刻に奉行所から来たのか」

「いいえ。今朝は八丁堀の役宅から、こっちに直行してきました。高林さまこそ、こんなに早くから？」

「朝の散策で川べりを通ったら、そなたが言っていたことを思いだしてな。ほら、歯磨き粉売りの箱のことだ」

「ええ。捜していただいているんですか」

「捜すというほどでもないがな」

「ないですよ。わたしは、このあたり一帯をくまなく捜しまわりましたが、木箱なんざまったく出てこない。やはり、殺された場所は違うんでしょうかねえ」

「そうだろうな」

と、うなずいたとき、高林の目にとんでもないものが飛びこんだ。高林は早瀬丈助を斬ったところに立っていたが、その足元に、

「おとな」

と書いた字があった。

読みにくいが、たしかに指で書いたものだ。書いたのは、おそらく早瀬丈助に違いない。

亀無の様子をうかがうと、上流のほうの芒の原に入っていこうとしている。

一瞬、ヤツの隙を狙って、

――消してしまおうか。

と思った。だが、あの男はすでにこれを見つけているのではないか。

それをいま、自分がこれを消してしまったら、わざわざ怪しまれる理由をつくってしまうようなものだろう。しかも、それをきっかけに、なにか証拠になるようなことにつながる質問をぶつけてきたりする。あの男は、初めて見たときの印象とは違う。侮《あなど》ることはできない。

「おとな……」

あの少年は、わしの名を書こうとはしなかったのか。

そうか。「高林」と書いても、竹蔵のことになってしまう。ならば、「新蔵」とでも書けばよかったのだ。それを「おとな」と書いたのは、「子どもの喧嘩に口を出した」ことへの非難だったのか。

さりげなく「おとな」という字を見ているうち、ふと、別の言葉が浮かんだ。倅が話題にしていた「おとなしの剣」というのがあった。道場で話題になっていたのを思いだしたのだ。

すばやくかがみこみ、指で「しの」という二文字を書き足し、

「おとなしの」

とした。消してしまうのはまずい。だが、書き加えるのであれば、それほど問題にはならないはずだ。見落とした可能性がある以上、絶対に「おとな」としか書かれていなかったと、亀無も断言はできないはずだ。

それから、向こうに行きかけた亀無に声をかけた。

「亀無さん。これはなにかな?」

「え」

のんびりした顔で、こちらに近づいてきた。

「わたしには文字に見えるが」

「あ、本当だ」

亀無は驚き、顔を輝かせた。芝居には見えない。

「ここに書いてあったのですか。とすると、早瀬丈助がいまわの際《きわ》に書き残したのか。おとなしの……と書いてありますな」

「おとなしの……はて、なにかな？　そういえば、倅が通っていた剣術の道場で、秘剣の研鑽《けんさん》が流行《はや》りのようになっていて、音無しの剣というのができたとかできないとか言っていたようです」

と高林は言った。

じつはそのことは、竹蔵から直接聞いたのではない。高林家に勤める武士で、やはりその道場に通っている男から聞いたのである。竹蔵はこのところ、身のまわりのことを父親に語って聞かせるなどということはしなくなっていた。むしろ、自分の日常については、父親に知られるのを嫌がっているようだった。

「そうですか。音無しの剣……」

亀無はもう一度、地面の文字を見やった。

高林は顔を近づけて見る亀無に、ひやりとした。

五

亀無剣之介は、少年たちが通っていたという道場に行った。

道場は「専修館《せんしゅうかん》」といい、飯倉六本木町にあった。外の通りに面した窓から様子をのぞくと、薩摩自現流に似た古流の剣が基本になっているようだった。

ここにかぎったことではないのだが、道場は流行っていた。五組が向きあって稽古をしていたが、順番を待つ門弟《もんてい》が道場の隅にずらりと待機していた。

このところ、世情が物騒《ぶっそう》になっていることもあり、剣術道場はどこも隆盛だと聞いている。

「おとなしの」

という文字は、本当に見逃していた。土と草の生え際に、薄く、小さく書かれていたこともあって、まさかあんな文字があるとは思いもよらなかった。じつにみっともないことだと思う。

しばらく稽古をのぞいたあと、門をくぐった。八丁堀が何用だという厳しい目で見られながら、

「つまらぬことを訊きたいので、どなたでも」

と言ったのだが、門弟の若者があわてて道場主を呼んできた。

「わしがあるじの長谷川久右衛門だが」

歳は四十代なかばくらいか、ぶつぶつがいっぱいできた、恐ろしげな顔をしていて、

「北町奉行所の亀無剣之介と申します」

と剣之介が名乗るや、

「わしは、もとは九州の雄藩で江戸屋敷の用人まで務めていた男でな、道場を開いてからは、大勢の旗本諸君の信頼を集めているのだ」

自慢げにそんなことを言った。どうやら、八丁堀の同心ごときに、つまらぬ詮《せん》索《さく》はさせぬぞという牽制のつもりらしい。

「ちょっと、おうかがいしたきことが」

「だが、わしは出かけるところでな」

「お手間は取らせませせぬが」

「いまから、長州藩の江戸家老とお会いする。藩の若者をまとめて面倒見てくれと頼まれたのでな。だから、そなたは長州藩江戸家老をも待たせることになるぞ」

大仰《おおぎょう》な物言いである。

「師範代のひとりに言っておこう。岡崎！」

「はっ」

見あげるような大男が出てきた。

「なにか言っておるが、応対はまかせる。いつものようにせよ」

道場主はそう言って、外へ出ていった。門弟を五人ほど引きつれ、市中警護にでもまわるような勢いだった。

「いつものようにね」

岡崎とやらは、にやりと笑い、

「で、同心どの。用件は？」

あるじに負けず、態度は横柄《おうへい》である。しかも、上から見下ろすように話しかけるのだが、息がやたらとくさい。口の中で、ぼうふらでも育つような溝《どぶ》の臭いがした。

「ここに通う少年たちのあいだで、音無しの剣が話題になっていると聞きました。どういうものか、うかがいたくて」

「少年にな。だが、ここは剣術道場なのだ。剣の技量を見せてくれぬのでは、わしらとしても、まともには応じることはできぬ。皆、死にものぐるいの研鑽を重ねてきた者ばかりなのでな」

これは意地悪というものだろう。

だが、剣を学ぶ者のなかには、心が清く翳《かげ》りなくなっていくのと反対に、さされだってやたらと攻撃的になる者も少なからずいる。そのことは、何度も見てきた。この道場主もそうだし、門弟たちにもそうした心根が伝播《でんぱ》しているのではないか。

「あなたと戦えということですか」

「そうしてもいいが、それは無理だろう」

「無理というと？」

「その華奢《きゃしゃ》な身体と、気合のなさでは、ろくろく剣も握れぬのではないか」

「そう思われますか」

「うむ。竹刀で相手をするから、わしから一本取ったところで、訊きたいことに答えよう」

岡崎がにやにや笑ううちに、剣之介は身じろぎしたように少し動いた。

刀に手をかけると同時に、抜き放ち、右手にあった花活けのりんどうの花を一輪、身体をまわしながら左手にあった破魔矢の羽根を断ち切り、向き直ったときには刀をおさめていた。

岡崎は唖然《あぜん》として、下に落ちた青いりんどうの花と、破魔矢の羽根を見つめ、

「これは、なんとも……失礼を申したようだな……」

「名前である剣之介の剣は、刀の剣の字でしてな。それくらいだから、つかまり立ちをするころから、父親に真剣を持たされておりました。流派は鳳夢想流といい、居合いを得意としますが、持久戦にも負けぬ自信はあります。師匠から他流との道場稽古は禁じられており、どうしてもと言うなら野外で立ちあわせていただきますが」

「いや、よい」

「では、門弟の少年たちを呼んでいただきましょうか」

「うむ。待たれよ」

とうなずき、道場の隅にいたふたりの少年に声をかけにいった。

少年たちは来たが、岡崎はそっぽを向いたまま、こちらにはやってこない。少年はどちらも十四、五といったところで、さっきまで稽古に励んでいたらしく、頬を紅潮させていた。

「なんでしょうか」

背の高いほうの少年が訊いた。

「うむ。じつは、このあいだの高林や早瀬らのことにかかわるのだが、この道場ではなんでも、音無しの剣が取り沙汰《ざた》されていると聞いたのだが」

「ああ、おとなしの剣ですか」

ふたりの少年は互いに顔を見あわせ、楽しそうに笑った。

「そんな怖い顔をされるとなあ」

「音無しじゃなくて、ほんとはおとなしいなのです」

「おとなしい？」

「そう。しょぼんとして、まったく戦う気をなくしたように見せかけて、いきなりぱっと斬りつけるわざですよ」

背の高いほうがそう言うと、

「でも、そんなのが通じるわけがない。つまり、単なるふざけなんです」

背の低いほうが笑いながら言った。

「そうなのか」

剣之介もつられて笑ってしまった。いかにも少年たちがやりそうな、無邪気な悪ふざけである。

「師範代などには内緒にしておいてくださいね」

「わかった」

剣之介が門を出ると、すぐに背の低いほうの少年が追いかけてきた。

「もし。早瀬の決闘のことを調べているのですか」

道場の少年たちのあいだで、ずいぶん話題にもなったのだろう。

「うむ」

「あれは絶対に決闘ではありませんよ。高林たちは早瀬に、ひどい嫌がらせをしていたのです」

「なぜ？」

「理由はよくわかりませんが、早瀬は高林の父親を尊敬していると言ったことがあります。すると、高林は早瀬に憎むような態度を取るようになりました」

もしかしたら、竹蔵には父に対して、尊敬と憎しみとがないまぜになったような気持ちがあったのかもしれない。他人の早瀬が尊敬をあらわにしたとき、少年の気持ちが複雑に揺れ動くのはわかる気がした。

「きっと、無理に刀を抜かせるような仕儀に及んだに違いありません。あいつらは、早瀬の剣の技量をなめてましたから」

「ほう」

「でも、早瀬は力こそなかったですが、意外にすばやい太刀を使いました」

まるで、自分の太刀筋を言われているようではないか。

そこまで言って、少年は足早に道場に戻っていった。


またしても高林新蔵の筆は止まってしまっていた。

こんなことは、以前には滅多《めった》にないことだった。集中すると、自分でも思ってもみなかった着想や新たな視点が次々に湧きあがり、筆を動かすのももどかしいくらいであった。それが、集中することができなくなっていた。

内容にも迷いがあった。

南北奉行所をひとつにして、奉行にはさらに強い統率力を持たせるべきとするのが高林の素案だったが、ふと、南北を分けているからこそ、互いに競いあい、実績をあげてきたのではないかということに思い至ったのである。

どうしたものかと、頬杖をついていると、

「殿」

屋敷の用人が、書斎の外に来ていた。まだ三十前半の若さだが、数字に明るく、金銭の出納《すいとう》をしっかりやってくれている。

「どうした？」

「八丁堀の同心と名乗る男がお会いしたいと」

「髪の毛のもやもやっとしたヤツか」

「まさしく」

用人の声に軽侮《けいぶ》の笑いが混じった。

「通せ」

と言いながら、高林は客間に立った。

まもなく、亀無が肩をすくめるようにして入ってきた。

「いやあ、お会いしていただけないと思ってました。どうも、旗本の方の家というのは入りづらくて」

「わしは、旗本だ、御家人だと、分け隔《へだ》てをするのは好まぬ。しかも、このところ御家人のなかからも旗本など足元にも及ばぬ、すぐれた人物が出てきておる」

「そうでしたか……」と、亀無はそういうことには興味がないといった顔をして、

「それにしてもすばらしいお庭ですな」と、庭を褒めた。

「そう思うか」

「はい」

まんざら風雅の道を知らないわけではないらしい。

とくに金をかけてはいないが、できるだけ自然の山野草を活かした庭にしてある。一度、訪れたことがある向島の百花園をならったつもりである。

「それで、今日はどうしたのだ？」

「じつは、早瀬丈助が書き残した、おとなしの、という言葉ですが、高林さまは、音無の剣ではないかとおっしゃいました」

「うむ」

咄嗟《とっさ》の思いつきでしたことである。もしかしたら、とんちんかんなごまかしだったかもしれない。

「おとなしとは、おとなしい、つまり、しょぼくれて元気のないふりをする剣。もちろん本気ではなく、少年たちの遊びの秘剣だったのです。つまり、早瀬丈助は、音無の剣でやられたなどとは書くわけがないのです」

「では、なぜ、おとなしの、などと」

「ええ。それで拙者は思ったのですが、あれはおとなしと書いたのではなく、ただ、おとなと書いたのではないかと」

「おとな?」

高林は、動揺を隠そうとして、じっと亀無の目を見た。

「ええ。子どもの喧嘩におとなが口を出した。つまり、おとなに斬られたと伝えたかったのではないでしょうか」

高林は思いだしたことがあった。学問所でそんな講義をしたことがあった。大人になることの大切さについて。激情に左右されない落ち着いた目。いまの時代、早まらずに、将来を見つめるべきだと。雑談のように語ったのだが、もしかしたらそれこそが、日本という国に欠けているものではないかと思ったのも覚えている。

その大人の心を説《と》きながら、あなたはこんな早まったことをしたのかと、あの少年は、命の消える間際に、わしの欺瞞《ぎまん》を責めたのではないか……。

「それで、しの、というのは、あとで誰かが書き足したか、あるいは自然にできた地面の傷がそんな字に見えたか……」

高林は口をつぐんだ。

亀無がなにか訊いたが、答える気にもなれなかった。

いつの間にか、亀無はいなくなっていた。

亀無剣之介は、おみちと差し向かいで、夕飯を食べていた。粗末な飯である。目刺《めざ》しが三匹ずつと、庭で採れた茄子《なす》の塩漬けと、同じく茄子の味噌汁だけだった。

おみちは元気がない。理由はわかっている。朝、ぽつりと、

「志保さまが家に戻ってしまったの」

と言っていた。家とは、同じ八丁堀でも反対の西側にある嫁《とつ》ぎ先だろう。

志保はひと月以上、松田家に里帰りしていて、そのあいだ毎日のようにおみちと遊んでくれていた。

どうせいなくなるなら、あんなにかわいがってくれなくてもよかったのに……とさえ思ってしまう。

そういえば、このあいだ、なにか言いたそうにしていたのは、そのことではなかったのか。ご亭主とはよりが戻ったのか。剣之介にはなにひとつ、判断する材料がない。

ただ、おみちもなんとなく面倒な事情があることを、子どもながらに薄々《うすうす》わか

っているのだろう。戻ってしまったとは言っても、それ以上、追及するようなことは言わず、黙って耐えているのがいじらしかった。

そこへ、隣の松田家から中間が使いにやってきた。松田重蔵が剣之介と話がしたいというのだ。一瞬、志保が戻ったかと期待してしまったが、そんなはずはなかった。

松田の書斎に入ると、

「例の事件のことが訊きたくてな」

と言った。茶を持ってきた重蔵の妻も、志保のことはおくびにも出さない。気を使っているのか、剣之介と志保のことなど眼中にないのか、それは見当もつかなかった。

「は。一応調べは進んでいるのですが、なにせ相手はお旗本」

「うむ。そのことだがな。高林新蔵というのは、旗本といってもちと変わった男でな」

「変わった男ですか？」

変わった男の代表のような松田重蔵から、そういう人物評を聞くと、不思議な気持ちがした。

「あの男は、建前としてだろうが、幕政改革を主張する急先鋒なのだ。このあいだは、面白い意見書を幕閣に提出したらしい。そのなかには、武士も町人も、さらには坊主や神官なども一緒に取り締まることができる奉行所をつくるべきではないか、そういうものがあったそうだ」

「ほう」

それは卓見《たっけん》というものだろう。現場にいると、しばしばこの身分の差にぶつかり、解決できる事件も解決できずに苛立《いらだ》つことはしょっちゅうだった。

「ああ、それでですか……」

高林はときに釘を刺しながらも、まったく邪険《じゃけん》にはせず、剣之介の問いには答えてくれていた。そうした意見書を出している手前、町方のくせに武家の家のことに首を突っこむなとは言えないのだろう。

「だが、所詮《しょせん》、旗本の事件。まともには手が出せないと、タカをくくっているのだろうな。憎らしい。なんとかしてやりたいな」

松田はときおり目が覚めたように、道理の通った意見を言うときがある。

「それで、剣之介。いったい、この事件のなにがわからないのだ?」

剣之介は、平六が流れついた時刻の謎について語った。

すると、松田は大きな煙管《きせる》に煙草をつめ、狼煙《のろし》の合図でもするくらい大量の煙を吐きだしながら、

「なんだ、そんなことか。それは簡単なことだ」と言った。

「簡単ですか？」

「それは、馬を使ったのよ」

「馬……」

「馬に、川に浮かべた平六の死体を結びつけるのだ。ただし、縛りつけるのではないぞ。紐を顎《あご》のあたりに引っかけるようにしておく。このとき、紐を綴《と》じるところは、人参《にんじん》の先っぽ同士にくくりつけておくのだ」

「結ばずに、人参がつなぎになるのですな」

「そう。それで、その人参を馬の首にかけておくわけだ。さて、馬を新堀川の上流のほうに向け、鞭で尻を叩く。馬は上流に向かって走る。当然、平六の死体も、上流に引っ張られていくわな」

「たしかに」

「馬もしばらくは必死で走るが、乗り手はいないし、腹も空《す》いてくる。やがて、とっとこ、とっとこ、足取りも重くなる。気がつくと、首のところに、大好物の

人参がひっかかっているではないか。喜んでバクバク食べてしまうわな」

「それはたしかに」

「すると、平六はどうなる？　紐は外れ、今度こそ川下に向かって流れだしていく。だが、そこまで来るあいだに、川を流れていく時間が加わり、ずいぶん遅れが生《しょう》じてしまう。これが、おぬしの言うところの、ずれというやつだろうが」

「ほう……」

と、思わず声が洩《も》れた。かすかにめまいもした。

「異論はあるか？」

「それは見事なお考えですが、たしか高林の屋敷に馬はいなかったようですが」

「馬がいない……剣之介、あいかわらず頭が固いな。馬がいなかったら、ほかの生きものを使えばいいだけではないか。わかった。犬だ。水に浮かべたものは軽くなるから、犬でも引いていけるはずだ」

「犬ですか……」

犬が川に浮かんだ死体を引いていくところを思い描いた。お伽噺《とぎばなし》のような、奇妙な光景だった。

剣之介は、「犬が人参を食いますか」と訊こうとしてやめた。「そのときは肉をつなぎにするのだ」と答えるのだろうと、想像できたからだった。

六

剣之介は、中間の茂三とともに、新堀川の川原にたたずんでいた。

すでに夕暮れが迫《せま》っている。夕陽はちょうど川の上流の水の中へ沈むように、下りていこうとしていた。

松田重蔵の推察は、いつものとおり、きわめて突飛《とっぴ》なものだった。しかし、紐で引っかけるというのは、悪くない気がした。

それをどこかにかけておき、適当な時間が経つと、外れるようにしておく。そうすれば、高林新蔵が屋敷の中にいるあいだに、平六の死体は流れ、三の橋あたりで句会をしていた連中に見つけられる。

もしかしたら、句会の連中がたまたま見つけたのではなく、高林はあの日、あそこで句会が開かれることを知っていたのではないか。

そういえば、高林は散策が好きで、このあたりをまめに歩きまわっていると聞いた。もしかしたら、その高林だからこそできた仕掛けがあるのではないか。

——あ。

剣之介の脳裏に、船着場でもないのに舟の乗り降りをしたような場所が浮かんだ。

土手をのぼり、このあいだも訊ねごとをした茣蓙《ござ》職人のところに行った。

職人は今日も仕事を続けていて、声をかけると、この前と同じように怯《おび》えた顔をした。

「あそこに、舟が着いた跡があるが、渡し舟などないよな」

「ああ。あれは、十五夜の法話のときのものでしょう」

「十五夜の法話とはなんだ」

「毎月十五日の夜、清源寺の住職さまがありがたい説教をしてくれるんです。川向こうの人や、こっちからも全部で五十人ほどは集まりますか。それでここからも、あたしを入れて七、八人は、その会に行くんです」

「それで舟はなんに使う」

「ここはちょうど橋がありませんでしょ。なかには年寄りで足元がおぼつかないのが三人ほどいるので、そこから行きと帰りに舟を出しているんです。舟は少し下の商人の家のものでしてね。手代が漕いでいます。この手代も法話を聞けばいいのに、宗旨が違うとぬかして送り迎えだけをしてるんで」

「では、暮れ六つごろには、あそこに舟だけが繋《つな》いであるんだな」

「ええ。それで法話が終わると、清源寺の鐘を小さく撞《つ》いて、迎えにこいという合図になるのです」

「それは、何刻ごろだ？」

「いつも五つ前には終わりますよ」

「いい話をありがとよ。おいらには法話よりありがたい話だったぜ」

剣之介がそう言うと、職人はきょとんとした顔でうなずいた。

ふたたび川原に降り、剣之介は舟の仕掛けを頭の中で確かめた。

止めておいた舟のところに手代がやってきて、舟を出す。その櫓のところに、死体を引っかけた紐をくくりつけておく。それはちょっとかけるだけで、動かせば外れてしまうだろう。紐が外れて、平六の遺体が流れだしたのだ。

だが、紐はどうしたのか。そんなものを持ち歩いてはいまい。

芒《すすき》の茎でも使ったのか。

試しに、芒の茎を紐状のものにしようとしたが、折れたりして、なかなかうまくはいかない。

紐は……。

そうか。着物を引き裂けばよいのか。水に浮かべた死体をとどめておくだけだから、そう丈夫な紐である必要はない。着物を細く破った紐で、充分のはずだ。

「茂三。もう一度、川原をよく見てくれ。着物を裂いてつくったような紐がないか、捜すのだ」

「真っ暗ですが」

「番屋で提灯《ちょうちん》を借りてこい」

真っ暗な川原で、ふたりで川岸を捜した。川が直角に曲がろうとする手前で、

「旦那さま、これですか」

茂三が声をあげた。

「あったか」

剣之介がぐるっとまわって、向こう岸に行った。紺のかすりの着物を引き裂いてつくった紐だった。

――これで、ずいぶん追いつめたはずだが……。

町人なら、ひとつずつ証拠を突きつけ、徐々に追いつめていくことができる。しかし、相手が旗本ではそんな悠長《ゆうちょう》なやりかたはできない。

「会わぬ」

と言われたら、もうどうすることもできないのだ。ただ、一度だけはなんとしても会ってもらう。それで、いっきに最後まで追いつめなければならない……。

七

高林新蔵は、玄関脇の、いつも荷物置きに使っている台の下に、妙な木箱があるのに気づいた。

「おい、これはなんだ?」

中間を呼んで訊いた。

「ああ、それは竹蔵さまのことがあった日に、誰かが塀の脇に忘れていったみたいでして」

「忘れただと?」

「へい。おおかた行商人の抜け作が、小用でも足すのでそこの裏道を降りたんでしょう。前にも豆腐屋が同じようなことをしてましたから」

「それがなぜ、ここにある?」

「雨にでも濡れたらかわいそうと、とりこんでおいたのです。捜しにきたら返してやろうと思っていたのですが、いっこうに取りにこないので、どうしようかと思ってました」

高林はよし、わかったと、この木箱を持って、書斎に入った。こ汚い木箱である。そっと開いてみると、百眼と呼ばれる顔の上半分だけのお面と、歯磨き粉が入っていた。お面は、げじげじ眉に、二重瞼《ふたえまぶた》の大きな目が描かれていた。間違いなく、死んだ平六のものだ。

高林は、眉をひそめてこれを見ているうちに、思いついたことがあった。これをもう少し東に位置するあたりに、置き忘れたように細工をすれば、平六はここらを通っていないということになるではないか……。

高林は、近所をくまなく歩きまわっているので、適した場所はすぐに思いついた。東に二町ほど行ったあたりの旗本の家は、庭が草ぼうぼうで、置き忘れてあっても誰も気がつかない。あそこに置こう。

さすがに昼間は動きにくい。そこで夜になるのを待ち、そっと置いてきた。

しかも、そのまま見つけられないでいても困るので、

「なんか落ちてるよ」

と、門の中にいた中間にさりげなく伝えて、帰ってきたのだった。

「お訪ねするのは、これが最後にしたい」

亀無はそう言って、やってきているという。高林は正直、もうあの男とは会いたくなかった。なにか、こちらの思惑をことごとく覆《くつがえ》されていくような気がする。会わないと言えば、済んでしまう。

だが、一方で、あの男に対する興味もあった。

それは昔、少しだけ凝《こ》って、高林があまりにも強すぎたため、たちまち相手がいなくなってやめてしまった将棋をする楽しみにも似ていた。

「最後というなら会ってやるか」

高林はそう言って、今日は客間ではなく、裏庭に面したこの書斎に招き入れた。

亀無はこの前は持っていなかった風呂敷包みを手にしていた。それは、菓子折りのような箱を包んだものらしかった。

「ここは、いつもわしがいるところでな」

「そうでしたか。こちらも風情《ふぜい》がありますな」

やはり無粋《ぶすい》な男ではないのだ。この庭の趣味がわかるのだから。とくに今日は、秋の草花が庭のあちこちに点在していて、われながらいい風情だと感心していたほどだった。

「して、訊きたいことは？」

「あの夜、高林さまはなにを着ておられました？」

亀無は静かな口調で訊いてきた。

「着ていたものだと？　おなごでもあるまいし、いちいち覚えてはおられぬな」

「じつは、新堀川が大きく直角に曲がるあたりに、こんなものが引っかかっていましてね」

「なんだ、それは？」

とは言ったが、亀無が出したものを見て、胃のあたりがわしづかみされたような衝撃を感じた。

「着物を引き裂いたものを縒《よ》ってつくった紐ですよ」

「ふむ。下駄の鼻緒でもつくろうとしたのだろうが」

「だといいのですが。この紐の縒りを戻してみますと、もとの生地がわかりましてね。ほれ、紺のかすりでした」

「それが」

高林はそう言って、自分の着物を見た。今日は、茶の縦縞の着物だった。

「いえ、どうってことはないのですが。ただ、高林さまがあの夜、紺のかすりの着物を着ていたという証言もございましてね」

そのことは、医師の京庵に確かめていた。京庵は、ときおり散策しているところに行きあわせる高林に好意を持っており、「なにか疑わしいことがあるのか」と、心配そうに訊いたりもした。

「紺のかすり？　ああ、わしは紺のかすりが好きでな、その着物は何枚も持っている。それで、その紐をつくったとでも言うのか。だが、わしが着ていたのは、あの夜も別段、ぼろぼろにはなっていなかったぞ」

「ええ。ただし、下に袴をつけていれば、着物の半分なんぞ、中に入れたらわかりませんからね」

「そのほうが、なにを言いたいのか、よくわからんな」

「いえね、この紐はこういうことにも使えたんじゃないかと思ったんです」

亀無はそう言って、手順よく、平六を半刻ほど川に繋ぎとめておく方法を推察した。

紐の輪。

法話を聞く者たちを運ぶ舟。

櫂《かい》から外れた紐。

流れる遺体……。

さらに、亀無は平六が殺されたわけにも迫った。

勝ってしまった早瀬丈助。

それを見て激昂した者。

早瀬を斬った。

目撃した平六。

つまらぬ強請《ゆす》りを試みたが……。

亀無はその名を言わぬまま、推測を語った。だが、名は言わなくても、自分を指して言っているのはあきらかだった。

——追いつめられている……。

わしともあろう者が、こんなだらしのない同心風情に。

あと少し、ぼろを出すことがあれば、白状してしまいそうだ。問いつめられて吐いてしまう下手人の気持ちも、こんなものなのだろう。

——それだけではない。良心も痛いのだ。

倅の顔も浮かぶが、早瀬という少年の顔も浮かんだ。

いま、手をつけている幕政改革の草案が完成したら、腹を切ろうと思う。だが、いま、中断させるわけにはいかないのだ。

――なんとしてもここは、この男の追及を逃げきってしまいたい。

声を無くしていた高林の前で、亀無は風呂敷包みをほどいた。ずっと気になっていたものである。

やはり、平六の木箱だった。

「この前、ないと言っていた木箱が見つかりました」

「ほう。どこにあったんだね？」

「三河屋という干物を売っている店の店先です。ほら、ここからちょっと北に行ったところにある……」

おかしな話だった。高林が置いてきた場所とはまったく違う。

「似たような箱が置いてあるので、わからなかったのでしょう。これから、この箱は番屋まで運びますが、高林さまにとっては、まずいことになりますね」

「なにがだ」

「あそこにあったということは、高林さまの家の前から、亡くなったご長男たちが斬りあいした場所に近い。となると、斬りあいの前に、竹蔵さまが絞め殺したのかもしれないという疑問まで湧いてしまう」

高林はむっとした。死んだ竹蔵に罪をかぶせる気なのか。

「平六を殺して、度胸をつける気にでもなったのか」

亀無はそう言いながら、木箱を開けた。百眼と歯磨き粉が出てきた。その百眼は、げじげじ眉ではなかった。とぼけた下がり眉だった。眼も二重のぱっちりした眼ではなく、垂れて情けない感じの眼だった。

「それは違うぞ」

高林は思わず、そう言った。

「え」

「それは平六のものではない。平六のお面は、もっとゲジゲジ眉で……」

そこまで言って気がついた。

高林はため息をつき、

「そうか、わしは平六など見たことがないのだったな」

そう言って、小さく笑った。

「はい」

亀無はゆっくりうなずいた。

「わしも往生際が悪いな。川の仕掛けを見破られたところで、観念してもよかったのにな」

「…………」

亀無の視線には、咎《とが》めるような厳しさはなかった。

「まさか、わしの屋敷にあった木箱も偽物《にせもの》だったか」

「いえ、あっちは本物です。むしろ、小細工などせず、番所に届けてもらえたら、とくに突っこむ理由にはならなかったのですが。あの屋敷の中間に声をかけた人物の風体《ふうてい》を訊くと、高林さまのようでしたので……」

「なるほど。罪を犯した者は、ついよけいなことをしてしまうのだな」

剣之介はなにも言わず、黙ってうなずいた。

「いるものだな。身分の低い武士たちのなかにも、頭の切れる男は。わしが幕閣に提出した意見書は、まんざら見当違いではなかったということだ」

「その意見書のこと、上司から聞いていました。奉行所の改革にも及んだものだそうで。奉行所は町人ばかりでなく、武士や僧侶、神官の罪人も引っ立てられるようにすべきだとお考えだそうで」

「うむ。その考えはいまも変わらぬ」

高林は、きっぱりとそう言った。新しい時代は、新しい人事から生まれてくるはずだった。

「立派なご意見だと感じ入りました」

「願わくば、わしの意見がどこまで取り入れていただけるか、せめて見届けたかった。また、もうひとつの意見書も完成させ、提出したかった。だが、わしはふたりも殺《あや》めてしまった。そんなわしに、仕事を続ける資格はないのだろう」

「………………」

「目付にはそのほうから、説明しておいてくれ」

高林はそう言って、剣之介に背を向けた。もう帰れという合図だった。

亀無剣之介はしばらく、高林の屋敷の前に立っていた。そう時間はいらなかった。

屋敷内で、女の叫び声が聞こえたところで、剣之介は足取り重く歩きはじめた。

第三話　小鳥の茶碗

一

「ふぁーあ」

と、中谷屋半右衛門《はんえもん》は大きくのびをしながら、開けたばかりの店の前に出てきた。

見あげた空は高く、刷毛《はけ》でこすった程度の雲がわずかにあるくらいで、よく晴れた心地よい朝だった。

暦は十月（旧暦）。すでに晩秋の季節である。

ここは芝田町、東海道の道筋にあたっている。

東海道に店を開いていると、言葉だけで聞けば、たいそうな大店《おおだな》を想像されるが、そうとはかぎらない。

現に、半右衛門の中谷屋は間口二間で、急ぎ足の旅人など、まばたきしているうちに通りすぎてしまう。

商売は手拭《てぬぐ》い屋である。洒落《しゃれ》た意匠の、江戸土産《みやげ》にしてもらおうというのが狙いの店だが、土産にするなら、もっと日本橋に近い店で買ってきてしまう。

ここらで買おうというのは、そういえばあれに土産を買い忘れたというような、そそっかしい旅人くらいのものである。だから、前を通る人の多さから見たら、売上というのは微々《びび》たるものであった。

もっとも、中谷屋は、手拭い屋のほうはむしろ道楽でやっているようなもので、実際には地主としての、さらにその上に建てた店や長屋の家主兼大家としてのあがりのほうが、はるかに大きかった。なにせ、自分のところも入れて、この通りに六軒の店と、裏通りに長屋を二十棟ほど持つ素封家《そほうか》なのである。

だから、店にはもう三十年以上もいる手代を置きっぱなしにし、自分はのんびり通りを眺めたり、押しつけられた町役人の仕事をたまにしたり、まことにのんきな毎日だった。

「大家さん、疲れは取れましたかい？」

左隣の店先から声がかかった。鳥屋の吾平《ごへい》である。

「ああ、吾平さん。今朝はだいぶ身体も軽いかな」

「そりゃあよかった」

半右衛門は九月からつい先日まで、知り合い四人で伊勢参りから、京大坂を旅してきた。戻って三、四日はさすがに疲れ、隣近所に土産を配った以外は、二階の窓からとろとろと芝の海を眺めて過ごした。昨日、一昨日あたりから、ようやくいつものように、ここらをうろうろしはじめていた。

お伊勢さまも、京大坂もはじめてではない。六十のこの歳になるまで、お伊勢さまには三度、京大坂には六度、行ったことがあった。

だから、見慣れたところが多すぎて、同行した連中ほどは楽しくもなかった。ただ、意外な収穫はあった。それが、この隣の鳥屋に関することである。

「あ、そうそう。上方《かみがた》にも鳥屋さんがありましたよ」

と、半右衛門は鳥屋の店先のほうに歩きながら言った。

「そりゃあ、京大坂にも小鳥が好きな連中はいるでしょうから」

「ああ、そうなんだね。船場《せんば》というところでは、たいそう大きな鳥屋を見た。もっとも、そこは鳥だけでなく、鯉や金魚も売っていたがね」

「魚も一緒ですか」

吾平は感心した様子もなく、うなずいた。

鳥屋とはそっけない屋号だが、文字どおり鳥を売っている。もではなく、愛玩用の鳥だけである。

店を出したのは八年前。吾平が「大家さん」と呼んだように、ここものであった。

中谷屋の売上がさほどでもないように、ほかの商売だって大変である。中谷屋の店子《たなこ》になっている店も、二、三年でつぶれて店を明けわたす者が多い。ひどいのは最後の店賃を踏み倒して、夜逃げしていく。

吾平はそんななか、小鳥だけを扱うという地味な商売で、八年のあいだやってきた。内心、半右衛門はこれが不思議でしょうがなかった。

吾平がまた、半右衛門に負けず劣らず、のんきで悠々《ゆうゆう》たる商いっぷりなのだ。ほかに家作《かさく》などを持っているならわかるが、吾平はこの店だけで食っているのだ。それなのに、日がな一日、店先に腰を下ろし、通りの客に声をかけるでもなく、入ってくる客だけを待っている。

その客だって、決して多くない。ただ、小鳥なんかに興味がなさそうな、大店のあるじらしい男や、大身の旗本、あるいはお大名の用人らしき人物が買っていくのは見たことがあった。

買っていくのはたいがい、店先に下がった籠《かご》に入っている小鳥で、どうも好事家《こうずか》の心をくすぐるようなものらしく、かなりの大金を支払っているところを何度か見たことはあった。それで、きちんきちんと家賃をおさめ、初物《はつもの》の果物を食ってみたり、適度に贅沢もしているのだから、たいしたものである。

いままでは、よほど好事家の心をくすぐる小鳥を仕入れてくるのだと思っていた。

ところが、上方に行って、鳥屋の商売について大きな発見をしたのだった。

場所は大坂、川向こうにお城がのぞめる曾根崎新地というところの、寄席《よせ》の中だった。ここで、落語を聞いたのである。

語ったのは、笑福亭福兵衛という、もう七十近くに見えた噺家《はなしか》だった。

大坂の噺家は早口の人が多くて、江戸の者には聞き取りにくかったりするのだが、この笑福亭福兵衛は口調がゆっくりして、間合いもたっぷり取って話すため、江戸っ子の半右衛門たちにも聞きやすかった。また、聞いた話も初めてで、しかも面白く、半右衛門らは腹を抱えて、大笑いしたものだった。

その話というのは、『猫の皿』という題目で、こんな内容だった。

とある街道筋にある峠の茶店で、一匹の猫が飼われていた。

ごくふつうの虎猫で、とくにかわいいわけでもない。

ところが、この猫が店の脇で餌を食べていると、通りかかった旅人が、

「その猫がかわいいので、なんとしても売ってくれ」

と言いだすのである。旅人が、旅の途中で、どこにでもいるような猫を買っていくというのは、いかにも奇妙な話である。

じつは、餌の入った皿がくせものだった。

なんと、これが名器中の名器。

——世にふたつとない皿を、猫の餌入れに使っているとは、なんと馬鹿なおやじだろう。あれをなんとしても、安く手に入れたいが、もしも皿を売ってくれと頼んだら、いくらなんでも皿の価値に気がついてしまう。そうだ。皿ではなく、猫を売ってくれと頼み、その猫に皿をつけてくれるように言えばいいのだ……。

旅人はそんなふうに算段《さんだん》したのである。

旅人の依頼に、茶店のおやじもすぐに猫を売ることを承諾した。

そこで旅人は、

「皿が変わると猫も嫌だろうから、ついでに皿もつけてくれぬか」

と、しらばっくれて、さりげなく付け加えたのである。

ところが、茶店のあるじは、

「馬鹿言ってはいけません」

と、こっちの申し出は一蹴《いっしゅう》するのだ。

「ど、どうしてだ？」

猫なんて別に欲しくもなんともないのに、すでに猫の代金を支払ってしまった旅人は、あわてておやじに訊いた。

すると、おやじは、

「どうしてって、この皿は世にふたつとない名器ですよ。つけるわけにはいきません」

と言うではないか。皿の価値は、ちゃんと知っていたのだ。

「知っていて、なんで猫の皿なんかにしているのだ？」

旅人がむっとして訊《たず》ねると、おやじはとぼけた顔でこう言うのだった。

「これを餌の皿に使っていると、ときどき野良猫を高く買っていく旅人がいるからです」

つまり、これがオチになる。

半右衛門は、このときは笑うばかりで、なにも思わなかったが、宿に戻っていざ寝ようかというとき、

――もしかしたら、吾平の鳥屋も……。

と思い至ったのである。

それからは、旅先から早く帰って、この推測が事実かどうか確かめたくてしょうがなかった。そして、六日前に旅から戻ると、土産を渡すのを口実に、店先にぶらさげてある鳥籠を覗いてみたら仰天した。

――井戸の茶碗……！

なんと、名器中の名器、大名たちですらいくら金を積んでも手に入れたいという茶碗が、小鳥の水飲み用としてそこにあったではないか。

井戸の茶碗は、李朝初期から中期の高麗茶碗で、茶人たちにこよなく愛されてきた。「一井戸、二楽、三唐津」とさえ言われ、これぞ無上の名器とされた。その井戸の茶碗にも、大井戸、小井戸、青井戸などがあるが、あれはおそらく大井戸と呼ばれるものである。

ゆるやかな碗のかたちといい、明るい枇杷《びわ》色の釉薬《ゆうやく》のかかり具合といい、なんとも言えない味わいがあるではないか。

初めて見る伝説の名器に、半右衛門は足ががくがくした。

じつは、半右衛門はほとんど道楽というものを持たない。酒も煙草もやらなければ、博打《ばくち》も打たないし、吉原をはじめ怪しげなところにも滅多《めった》に出かけない。ただ、三年前に茶道をはじめ、これにはのめりこんだ。その理由は、幼なじみでもあり、ずっと敵愾心《てきがいしん》を感じてきた竹富屋啓二郎《けいじろう》に負けたくないという思いもあった。

竹富屋は、半右衛門よりわずか半年前にはじめたばかりのくせに、すでに茶会では堂々たる地位を占めている。その理由のひとつに、名器とされる茶器をいくつか入手したことがあった。

茶会の席で、半右衛門もそのいくつかは目にした。たしかに、いわゆる名器にはそう言われるだけの存在感があるのを感じた。

――わしも名器をせめてひとつ……。

そんなふうに思いだした矢先の、井戸の茶碗なのだった。

「これは、なんという鳥だい？」

しばらくはさりげなく眺めていたが、今朝はとうとう我慢できなくなり、井戸の茶碗が入った鳥籠を指して訊いた。大坂に行くまでは見ようともしなかった鳥籠である。

「鶉《うずら》ですよ」

「ああ、これが鶉かい。玉子を食べる」

「ええ。玉子の殻の色と、羽根の色が似てますでしょ」

「言われてみると、そうだね。この鶉はいくらだい？」

「ええ、二両いただいてます」

「二両もするのかい？　大坂じゃ、もっと安かったような気がしたがねえ」

と、適当なことを言った。いちいち小鳥の値段など調べたりはしなかった。

「だって、こいつはとくにいい声で鳴くんですぜ。鳴きあわせに持っていってごらんなさいよ。羨ましがられますから」

「ふうん。あたしも小鳥でも飼ってみようかな」

半右衛門は何食わぬ顔で言った。

「へえ、大家さんが小鳥に興味を持ってくれるとは思わなかったですね」

「そうかい」

「では、もっと色のきれいな鳥はどうです？　こっちの四色の鳥は山雀《やまがら》、ほら、こっちのきれいな青い鳥は瑠璃鶲《るりびたき》です」

「やっぱり鳴くのがいいな」

「どっちも鳴きますよ。あ、よく鳴くなら、この目白《めじろ》です。ほら、鶯《うぐいす》色でよく、鶯に間違える人がいるんですが、目のまわりが白くなってるでしょ」

「そう、いろいろ言われてもねえ」

「じゃあ、大家さんだから、一両五分におまけしておきましょう」

と、吾平は手を出した。

井戸の茶碗に目がくらんでしまった者なら、ここで一両五分なり二両なりを払ってしまうのだろう。だが、手のうちを知っている半右衛門はそうはいかない。

「ううん、どうしようかな。この鶉は、一二両で籠ごとそっくりいただけるのかい？」

半右衛門がそう言うと、吾平は一瞬だけ、きつい目で半右衛門を見たが、

「籠も水飲みもつけません。とくに、その茶碗はおやじの形見なもんで」

と、きっぱりと言った。落語に出てきた茶店のあるじのように、ネタをばらしたりはしないらしい。

「そんな大事なものを、鳥の水入れにしていいのかい？」

「ええ。おやじは鳥が大好きでして、自分の飯を減らしてでも、鳥に餌をやっていたくらいなんです。だから、あの世でも喜んでいるはずでさあ」

よくも、口からでまかせで、ぬけぬけと言えるものだと、内心、あきれた。

本当に知らないのか……とも思ったが、そんなわけはない。だいいち、親の形見を大事にするほど、親の供養をしていない。お彼岸に墓参りをなまけたのも見ている。

「そうか、そうか。だが、わしのようなズボラな年寄りが飼うと、死なしてしまったりするのでな、女房とも相談してみるよ」

「それがいいですよ」

吾平が言うのにうなずき、半右衛門は通りをゆっくり、大木戸のほうへ歩いた。

この時刻は、品川から来る旅人より、日本橋から出てゆく旅人のほうが圧倒的に多い。東海道の道幅は、ここらあたりでは六間もある。そこを絶え間なく往来があるのだから、たいしたものである。

少し西に行くと、大木戸がある。もっとも大木戸といっても、いまは石垣と土塁が残っているだけで、ここでお役人に呼び止められたりすることはない。ただ、高札場があるので、立ち止まる者は多かった。

ここで半右衛門は立ち止まり、後ろを向いた。

中谷屋や鳥屋も見えている。吾平は怪訝《けげん》そうな顔でこっちを見ていた。

半右衛門は不思議だった。なぜ、吾平があんな名器を持っているのか？

――もしかしたら。

はたと思いだしたことがあった。あそこの土地を手に入れたばかりのころ、裏のあたりを掘っていたら、立派な重箱が出てきたことがあった。もっとも、半分は焼け、かたちも崩れていたので、骨董にもならなかった。

だが、もしも完全なかたちで出てきたら、井戸の茶碗にも匹敵するくらいの値打ちものだったのではないか。

そもそもあのあたりは、五十年ほど前は大名屋敷だった。それが火事で焼けて、荒れ野原になっていたのを、半右衛門が一部を買い取ったのだ。

その、五十年前の火事のどさくさで土の中に埋もれたものを、吾平は掘りあてたんじゃないだろうか。

――だとしたら、それはわしのものではないか！

半右衛門は、あの茶碗が、欲しくて欲しくてたまらなくなった。

——大家のやつ、なにか勘づいたのかな。

吾平はぶらぶら歩いていった大家の半右衛門の後ろ姿を眺めながら、ひそかに首をかしげていた。

上方から戻って以来、やたらとおれの店をのぞくようになった。しかも、目つきがよくない。なんか卑《いや》しい目をしている。あれは、例の茶碗の価値に気がついたという目だ。だが、上方でなにを見たのか。もしかしたら、同じような茶碗を見せられ、値打ちものだとでも教えられたのかもしれない。

いままで茶碗のことは誰にも教えていない。むろん女房にも。

吾平の女房は、五年ほど前まで、品川の女郎屋にいた。もちろん、茶道なんて見たこともやったこともない。しかも、鳥が大嫌いで、店にも出てこない。

だから、ばれるときがくるとしたら、あの大家からかな、とは思っていた。

三年ほど前、大家が茶道をはじめたと聞いたときは、いつかはという恐れもあったのである。

もともとあの茶碗は、ここの地面を掘っていたら、木箱に入ったまま出てきたものだ。木箱のほうは焼け爛《ただ》れていたが、中の茶碗は大丈夫のようだった。骨董屋に持ちこむと、「百両で売ってくれ」と言われて逃げだした。骨董屋が百両というなら、実際は二百両や三百両はするだろう。

五十年前、江戸の大火があったとき、ここは大名屋敷だったと、大家から聞いたことがある。そのとき、埋もれたものに違いない。

だから、大家に言わせれば、自分の土地で見つかったものだと言うだろうが、これはもともとは大名屋敷のものだ。だが、その伝でさかのぼったら、この土地だって、もともとは天地をつくった神さまのものだ。だから、さかのぼったってしかたがないんで、要は見つけたヤツの物ってことだ。

——どこかへ引っ越すしかないか。

吾平は、ここらが気に入っていた。海のすぐ近くで、その青い海原を家並みの向こうにのぞむことができる。

こういうところで、のんびりと固い商売をしていくのは憧れだった。死んだおやじのように、あくせくするのはまっぴらだ。だから、あの井戸の茶碗を囮《おとり》にする方法を思いついたときは、小躍《こおど》りして喜んだものだ。

以来、年に五人ほどは、あの囮に引っかかった。それで十両を儲け、ほかに小鳥の商いで五両は稼げた。

年に十五両。暮らしていくには充分だった。

金なんて、いくら積まれても売るもんか、と吾平は思った。あの大家の野郎、鷹揚《おうよう》そうな面《つら》しやがって。そのくせ、心の底では、金でなんでも解決できると思っていやがるんだ。

――馬鹿《ばか》にするなって。

ばれたからには、吾平はさっさといなくなるつもりだった。

「よう、いるかい？」

いつの間にか、大家の半右衛門が店の中に来ていた。表の戸は閉めてある。だが、この店には中谷屋があるほうにも小さな出入り口があり、大家はそこからそっと入ってきたのだった。

「あっ、大家さん」

吾平はぎくりとした。例の茶碗が入った鳥籠を手にしていた。

いまからそっと、夜逃げをするつもりだった。どうせ大家から、譲《ゆず》れだのなんのとしつこく言われることになるだろう。あげくは、そんなにあたしの頼みが聞けないなら、出ていってくれだのと言いだすに違いない。どうせそうなるなら、面倒で嫌な思いをする前に出ていったほうがいい。

今度は、東海道筋ではなく、中仙道の筋にでも店を構えてみようか。海から遠くなるのは残念だが、逆に山は近くなる。山の緑もいいものである。鳥たちも、海よりは山の空気のほうが心地よいのではないか。そんなふうに思った。

夜逃げをして、落ち着き先を見つけるのが先で、女房のおそめには、あとでそっと連絡して、新しい店に呼び寄せるつもりだった。

「それは……」

半右衛門の目は、鳥籠に張りついている。

「なんですかい？」

「井戸の茶碗だろ」

「さあて、茶碗の名前なんざ知りませんよ。ただ、おやじの形見だから大事にしているだけで」

吾平は、鳥籠を大家の目から隠すように、別の鳥籠の後ろに動かした。

「譲ってくれ」

「鶏ですか」

「鶏なんざ、どうでもいい。茶碗だよ」

「だから、これは親の形見なんですって」

「金は用意してきた。ほら、見てくれ。三百両だぞ」

それを開いて見せた。

半右衛門は懐から、小ぶりの風呂敷に包んだ切り餅を出し、さらにそのうちのひとつの蓋を開けた。小判の金色の光が、秉燭《ひょうそく》の灯りしかない、暗い店の中でも矢のように走った。

「ほらほら。三百両。一生遊んで暮らせるぞ」

そう言った大家の目が据わっていた。

——こいつは危ねえな。

吾平は警戒する気持ちになった。半右衛門の腰や懐のあたりを見た。なにか入れているような気配はない。つまり、武器はない。店の中にも、武器になるようなものはなにも置いていない。

まさか、こんな爺さんに素手でやられることはないだろう。そう思うと、怖がっている自分を恥ずかしがる気持ちも出てきた。

「三百両がなんだってんだい。おいらはこういうのんきな商売をやっていきてえんだ。そんなもの一時《いっとき》に手に入ったら、かならず無駄使いしてなくしちまうさ」

「だったら、わたしのように土地や家を買えばいいさ」

半右衛門は笑いながら言った。卑屈な、吾平がいちばん嫌いな笑い方だった。

「だめだ。家は焼けるし、地面は大水で流されたりもする。だが、こんな小さなものなら、懐に入れて、どこにだって逃げられるさ」

相手にしない。

半右衛門はしばらく口をつぐんだ。だが、急に居直ったような口ぶりで、

「だいたい、おまえはこの茶碗をどこで見つけた。ここらを掘ったときに出たんだろ。だったら、わたしのものだよ。ここはわたしの土地なんだから」

と言った。

「いまさら、なに言ってやがる。そんなこと知るもんか。おいらは出ていく。てめえなんぞに、しつこくまとわりつかれて暮らすのは嫌だからな」

吾平は下に置いた鶉の籠から、井戸の茶碗を取りだそうとかがんだ。

そのとき、半右衛門の手が思いきり、振り下ろされた。武器などないと思っていた吾平には、思いがけない攻撃だった。

ボコッ。

かなづちで撲《なぐ》られたような音がした。吾平は、音を聞いた瞬間、鼻の奥がツンとなり、意識を失った。

半右衛門は、小判三百両を入れた風呂敷の包みで撲ったのだった。

そうしようと思ってきたわけではない。咄嗟《とっさ》の激情がさせた行為だった。せっかく目の前に現われた伝説の名器が、このまま遠ざかってしまう。それはなんとしても、防がなければならない事態だった。

ボコッ。ボコッ。ボコッ。

同じあたりを何度も撲った。吾平の頭の骨が歪《ゆが》んでしまったのがわかった。

「あっ、あああ」

悲鳴というよりは、震えのような声を出しながら、籠の中から井戸の茶碗を奪った。

あわてて逃げようとしたが、ふと立ち止まる。

まさか、自分が疑われることはないだろうが、なにか細工ができることはないだろうか。

一応、金を物色《ぶっしょく》したように見せかけることにした。適当にそこらを探ったように散らかし、ざるの中の小銭も奪った。

だが、盗《と》られるものはたいしてはない。所詮《しょせん》、たいして流行《はや》ってない小店なのだからしかたがない。

下手人は、物盗りに入り、なにもないので諦めて逃げた——町方のやつらも、そう思ってくれるのではないか。

出ようとして、ふたたび足が止まった。

——大事なことを忘れた。

半右衛門はそこらを見まわし、こ汚い水入れを見つけると、それに水を入れ、井戸の茶碗を取りだした鶉の籠の中に入れた。それから、その籠をそっと、いつもぶら下げてあるところに戻した。表の戸に閂《かんぬき》はかけていない。

——これでいいか。

だいぶ落ち着いてきた。もう一度、見まわす。吾平はぴくりともしない。陥没《かんぼつ》した頭蓋から血が流れだしている。

裏で音がした。

「あんた、そろそろおまんまにしようかい」

吾平の女房のおそめが、湯屋から帰ってきたらしい。

平右衛門はそっと戸を閉めて、中谷屋の奥のほうへ向かった。奥ではまだ、女房と女中が晩飯の支度の最中である。廊下を歩いている途中で、かすかにおそめの悲鳴が聞こえたような気がしたが、

「あーあ、今日はお腹が空《す》いたな」

とぼけた顔で、台所に顔を出した。

二

亀無剣之介は、奉行所の門をくぐるのに、少女のように緊張していた。胸がどきどきしているし、顔がやたらと火照《ほて》った。もう夕方で、西日が差してきている。その夕陽のおかげで、火照った顔はどうにか目立たなくて済みそうだった。

なにも悪事をしたわけではない。奉行所の門といっても、くぐったのはいつもの呉服橋前の北町奉行所ではなく、数寄屋橋前の南町奉行所だったからである。

「南に援軍に来てくれ」

と呼びだされたのである。

これは、異例中の異例だった。

亀無剣之介が名指しされたわけではないが、臨時廻り同心で暇《ひま》そうにしていたのが亀無だった。本当は暇ではないのだが、そう見えるらしい。

十月の八日、いまから六日前に、芝の田町で起きた事件である。鳥屋のあるじが何者かに撲殺され、店の中の小銭を盗られた。この調べを続行し、下手人をあげてくれという。

　本来であれば、これは十月の月番の南町奉行所の担当である。実際、現場に駆けつけたのも、最初の調べをおこなったのも、南町奉行所だった。

　だが、南町はたまたま、大きな事件を複数抱えこむことになった。

　日本橋通二丁目の豪商・多摩屋に押しこみ強盗が入り、蔵の中の八千両が盗まれたうえに、手代ら十二人が殺害された事件。もう一件は火付けで、湯島界隈《かいわい》で連続八件の火付け騒ぎが起き、うち二件はどうにか大火になりそうなところを消火した。こちらは火盗改めとともに、下手人捕縛にやっきになっていた。

　これでは、東海道筋のたかだか鳥屋ひとりが殺された程度の事件にかかわっている暇はない、というのである。

「慣れない職場は、仕事の中身が一緒でも、嫌なものだなあ」

　剣之介はぶつぶつ言いながら、ひとまず、南町奉行所に挨拶にやってきた。中に入ったのは初めてだが、与力同心たちが皆、初対面というわけではない。

「よお、亀無が来てくれたか」

　出てきたのは、与力の安藤文吾《あんどうぶんご》だった。安藤は顔を知っているだけでなく、ざっくばらんな性格だというのもわかっていたので、ほっとした。

だが、その安藤が、

「昨日まで調べをおこなっていた男と会ってくれ」

と、引きあわせられたのは、南町奉行所の定町廻り同心で、志保の夫、大高晋一郎だった。

「大高、亀無どのは初対面ではあるまい」

「ええ。何度かご挨拶を」

と剣之介を見た視線が、少し厳しすぎる気がした。剣之介は萎縮《いしゅく》した。なにも悪いことをしていなくても、怒られるような気がする。それは子どものころから三十なかばのいままで続いている、気弱な性格から来るものだった。

「わざわざ手伝ってもらうのだ。亀無どのに、はいと書類だけ渡して頼むわけにはいくまい。なあ、大高。高級料亭で接待というわけにはいかぬが、気楽な飲み屋で一杯やりながら説明するがいい」

こう言われて、すぐにまた外に出た。相手が大高では、書類だけもらえればけっこうだったのに、そういうわけにもいかない。

さっきまで残っていた夕陽はすっかり沈みきって、あたりは薄い闇が立ちこめていた。蝙蝠《こうもり》たちが、かすかに青い光が残る空を、黒く塗りつぶそうとしているかのように、縦横無尽《じゆうおうむじん》に飛び交っていた。

鍛冶橋御門のほうから御濠《おほり》を渡って、八丁堀のほうに少し歩いた五郎兵衛町で、大高の足が止まった。剣之介は、こちらのほうには滅多《めつた》に来ない。

「ここで、よろしいかな」

提灯《ちようちん》に明かりが入っていて、〈おかだ〉と店の名がある。大きくはないが、どことなく洒落《しやれ》た門構えで、剣之介からしたら「気楽な飲み屋」とは思えない。

「ええ。わたしはどこでも」

「では」

大高は慣れた様子で、暖簾を分けた。

まっすぐ奥に進み、両側にある小部屋の左手の部屋に入った。四畳半の、窓もない部屋だが、飾ってある掛け軸や花などのせいか、下卑《げび》た感じはない。

おかみがすぐに挨拶にきて、

「あら、旦那。お連れさまは初めてのお方ね」

と、微笑《ほほえ》みかけた。

「そりゃあそうだ。こちらは南ではなく、北の同心さまだ。南より北のほうが冷たいし、取調べも厳しいぞ」

「あら、北も南も歩いてすぐのところじゃないですかねえ」

おかみは剣之介の目を見て笑った。

「ええ、まあ」

剣之介は手を頭にあてて、困った顔をするばかり。こういうところで、気楽に軽口が叩けない性分である。だから、いつも情けない気分になるし、自然と飲み屋からも遠ざかって、家で飲むようになった。

最初に挨拶の盃をかわし、おかみを下がらせると、

「飲みながら仕事の話もなんなので、先にお渡ししておきましょう」

数枚の紙を出した。

「昨日までの五日のうちに調べたことを書いておきました」

「ああ、助かります」

見事な達筆である。南蛮文字に間違えられたりする剣之介の筆とは、大違いだった。

しかも、中身も簡潔にまとめられている。

遺体の様子。傷の具合。周囲の者の証言などが、箇条書きにして記されてあっ

た。

「読んでもらったら、すべてわかります」

「たしかに」

「まさか、こんなことになるとは思わなかったので、火葬を許してしまいました。だから、遺体を調べ直すことはできませんが」

「いや、これだけきちんと怪我の様子も書いてあったら、そんな必要はありません。そうですか、かなづち、もしくは木づちのようなもので撲殺されましたか」

「あいにく凶器は出ていませんがね。まあ、予断を与えるのはいけないことだとは思いますが……」

「どうぞ」

「下手人は隣の中谷屋半右衛門」

と、大高はきっぱりと言った。よほど自信もあるらしい。

「ほう」

「ところが、殺す理由がわからない。おれは、女がらみだと思った。半右衛門の上品ぶった女房も気になるし、吾平の下品な女房もかかわっているかもしれねえ。だが、証拠は見つからない……でも、おれなら、もう一度その線を叩きます」

「はい」

とうなずいたが、こればかりは調べに入ってみないとわからない。大高とはまるで違った方向に、手がかりを求めていくかもしれないのだ。

「それはそうと、うちのやつだが……」

話が変わった。志保のことである。

「なんでも亀無どのとは、幼なじみだったそうですな」

「はい。隣同士でしたので」

「いや。隣にいたからって、幼なじみになるとはかぎらねえ。志保は亀無どのの名を出すとき、いつも遠くの夕焼けを見るような目をします」

「…………」

胸の奥が熱くなるような感じがしたが、急いで酒を入れ、そんな思いを押し流した。

「どんな子どもでした、志保は？」

「どんな子ども……」

ああ、どんな子どもだっただろう。あらためて考えたら、志保の姿を路地の向こうに見失ったような気がした。その路地を剣之介が追った。

松田重蔵と剣之介と志保は、いつも一緒だった。だが、重蔵は意地悪というのではないが、妹のことなどまったく無頓着《むとんちゃく》だった。だから、気づかってあげたのは、むしろ剣之介のほうだった。

かわいい女の子だった。あんなかわいい女の子は見たことがなかった。

だが、それは言いにくかった。いまは大高の妻である。

酒を含んで目を閉じると、ぼんやりした庭の向こうで、志保が樽の上に乗っているのが見えた。

「そういえば、芸事が好きな子どもでしたな……」

「やはり、そうですか。あれは、子どものときから、あんなことが好きだったのですか」

大高は顔をしかめた。

「でも、家は楽しくなるでしょう」

剣之介がそう言うと、

「八丁堀の同心の妻が、楽しいのなんのというのはどうでもいいことでしょう」

生真面目《きまじめ》な顔をした。

「そうかな」

「そうさ。それに、志保はどうして、ああも料理が下手なのだろう?」

「料理が下手ですか」

料理が下手というのは初耳だった。前に炊きこみご飯をつくってきてくれたことがあったが、剣之介もおみちも、うまいうまいと何杯もおかわりしたではなかったか。

「どこかうわの空で料理をつくる。あれでは駄目だ。だいたい男というのは、うまい飯を食わねば力もつかぬ。のう、亀無どの」

「そうでしょうか」

「一度はこの店に、料理を習わせに寄越《よこ》したこともあるのだ」

「ここに……」

志保がかわいそうに思えてきた。そんなにこの店の料理が好きなら、あんたがここで食えばいいだけではないか。家に帰ってまで、同じ味のものを食わなくてもよさそうなものである。そう言ってやりたかった。だが、そんなことを言える剣之介ではない。

「酒はあまり強くないので……」

剣之介は切りあげることにした。このままここで飲むと、ひどい悪酔いをしそうだった。

「そうですか。では、よろしくお願いします」

大高も引き止める気はないようだ。剣之介を送りだし、そのままここで飲み続けるつもりらしい。

いつものように別れ際になって、聞いておくべきことを思いだした。

「では、今後、報告はどうしましょうか」

「下手人の目途《めど》がついたら、そこでお知らせください。それまでは北町のやり方でやってもらってけっこうです。でも、この事件、意外に難物ですぞ」

大高の頬に、かすかな笑みが浮かんだような気がした。


剣之介は、中間《ちゅうげん》の茂三を連れて、翌朝さっそく芝の田町に向かった。大高の書付のうち、人の出入りについての証言だけは、自分でも再度、確かめることにした。中谷屋を下手人とする決め手のひとつになってしまうからだ。

なるほど、その推測に間違いはなさそうだった。

吾平が殺されたとき、道端には近所の連中が何人も出ていた。だが、誰に訊いても、とくに怪しいヤツが、吾平の店を出入りしたことはなかったというのだ。

「あっしらはここで、将棋を差していたんですがね。店のほうからも、住まいのほうからも、誰も出てきやしませんでしたぜ」

裏長屋の棒手振《ぼてふ》りたちで、芝の浜にあがった魚を、麻布や青山のほうに売りにいく連中である。今日は時化《しけ》で船が出ず、棒手振り仲間は皆、朝から長屋の外で将棋を差したりしていた。将棋を差すのはふたりだが、その脇からいつも何人かが、ああでもない、こうでもないと、口をはさんでいる。あの日もそうだったという。

この連中がいたのは、吾平の店の道に向かって左横を入った路地《ろじ》で、店の横手と、空き地に面した裏手のところまでよく見える場所だった。

次に、街道筋のほうでは、吾平の左隣が中谷屋だが、さらにその隣の提灯屋の婆さんが通りに出て、街道を行き来する人々にいつもするように声をかけていた。この婆さんは夕方になると店の前に出て、

「ようよう、いまからだと提灯がいるなあ。危ねえなあ」

と、ずぅっと声をかけ続けるのだ。

その掛け声がなんだか、やり手婆ぁの客引きのようで、かえって客を逃がしているという忠告もあるそうだが、婆さんはこれが生きがいだとでもいうように、

毎夕毎晩、これを繰り返している。

いまは朝なので、まだ店の前には出ず、裏で提灯の修理をしていたが、

「ああ。誰も見てねえよ。吾平んとこからは、誰も出てこなかった」

と断言した。

「悲鳴も聞いてねえんだな」

「そんなものも聞かなかった」

とすれば、顔見知りにいきなり撲られたと考えるのがふつうだろう。

家の人間か。しかし、家族は女房のおそめしかいない。

あるいは、隣の半右衛門か、半右衛門の女房かということになる。手代や小僧たちは、裏手につくった寮に住んでいて、鳥屋に来るには、半右衛門の家の前か、表通りを歩いてこなければならない。

だが、隣合った吾平の鳥屋と中谷屋の建物同士のあいだに、路地とも言えない隙間があって、ここを使えば、縁台将棋の連中にも、提灯屋の婆さんにも見られずに、行き来できるのである。

なにせ、すっとぼけた江戸の町人たちだから、絶対に見逃していないとは言いきれないだろう。だが、中谷屋の半右衛門は怪しむに足る条件はそろっている。

しかし、大家が店子を殺すには、相当の理由がなければならない。ましてや、店子たちの半右衛門に対する評判は、決して悪くない。

「大家さんは違うさ。提灯婆ぁが見逃したのに決まってるさ」

と棒手振りが言うので、その言葉を婆さんに伝えたところ、

「なんだと、おめえら惚《ぼ》け茄子どもが見逃したのさ」

棒手振りたちのところに怒鳴りこんだ。

ここらの連中も、町方が大家の半右衛門を怪しんでいるというのは勘づいている。だから、剣之介がそばにいるときも、聞こえよがしに、こんな話をするのだった。

「だいたい、あの大家は悪いやつじゃねえ。そりゃあ、あんだけの家作を築いてきたんだから、人がいいってことはないだろうが、店子を殺しちまうほど馬鹿じゃねえ。それに大家は、顔こそ抜け作づらだが、学もあるって聞いてるしよ」

「そうそう。それに、吾平ってえのは素《す》っ頓狂《とんきょう》な男だったからねえ。なんであんなやつを、大家がわざわざ危険を犯して殺さなければならないのかねえ」

あげくには、剣之介と茂三を、馬鹿にしたような目で見たりした。

それでも剣之介は、やはり大家の半右衛門は怪しいと睨んでいる。

――だとしたら、吾平はなぜ、殺されたのだ？

そんな剣之介の思いを知ってか知らずか、中谷屋の前に出てきた半右衛門が、すっとぼけた顔で、剣之介にゆっくりと頭を下げた。

半右衛門は、今朝方からここらをうろうろしはじめた八丁堀の同心を一目見て、内心、胸を撫で下ろした。

すでに、南町奉行所の大高の中間から、連絡は来ていた。南が多忙なので、担当が替えられるのだと。

大高晋一郎という同心は嫌だった。いかにも鋭そうな男で、問いかけてくることも微に入り、細に入り、これでは見逃しはないだろうと、恐ろしくなった。いずれ見破られるかもしれないと、覚悟さえしていた。

ところが、今度やってきた男は、顔つきからして違っている。どこか気弱そうで、棒手振りなどにもまるで睨みを利かせられない。それに、あのしょぼしょぼしたような情けない髷《まげ》はなんなのだろう。同心なら、きりっとした小銀杏《こいちょう》に結ってこそ、江戸の町人たちも畏《おそ》れと尊敬の念とを抱くものではないか。

――あれでも同じ同心なのか。

おそらく、わしのことを怪しんだとしても、あの男では絶対に殺す理由が見つからないだろう。

井戸の茶碗は、わしの部屋の畳の下に隠してしまった。もしかしたら、もともとあの茶碗は、そうした目に遭ってきたのかもしれない。誰かが大名の秘蔵していたお宝を、そっと土の中に入れておいたりしたから、火事で焼かれずに済んだのかもしれない。

その同心が、のそのそとこっちにやってきた。

「おはようさん」

気の抜けた挨拶だった。

「おはようございます。お調べのご担当が替わるとうかがっておりましたが、新しい同心さまですね」

「ああ、亀無、亀無剣之介と申す」

「亀無さま、髷が乱れておいでですよ」

乱れているのではなく、縮れっ毛なのだ。わかっていたが、わざと言った。

「そうか」

一生懸命、撫でつけるようにしている。

「手拭いを差しあげましょうか。いい柄もありますよ」

まさか、昼間から手拭いをかむって歩く馬鹿はいない。それなのに、つい意地の悪いことを言いたくなる男だった。

亀無は、吾平の店の前までいって立ち止まった。店のあるじが死んだあとも、同じように開いている。以前、この店で小僧として奉公していた若者が、日蔭町のほうに店を出していたので、朝と晩に世話をしにきてくれている。

そうしないと、鳥たちが死んでしまうし、事件の決着がつくまでは店は前のようにしておけと、大家の半右衛門にもお達しがあったのだった。

亀無は、ぴいぴいと騒がしい店の中をちらりとのぞき、

「ところで、殺された吾平というのは、どんな男だったかね」

と、半右衛門に訊いてきた。

「どんな男？」

妙なことを訊いてくる同心である。

「そう、店子だったんだろ。ずいぶん、しゃべったりもしたんじゃないか」

「それは、もちろん。そうですねえ、なにを考えてるかわからないところがありました。毎日、ぽやっとした顔で。ほれ、その向かいの家並みのあいだから、海

「ここか……ああ、なるほど。見える、見える」

芝の海である。今日は時化で、黒っぽく荒い波が立っていた。

「ここんとこに坐って、海を見るのは好きだったみたいです。ああ、そんな感じ。なんとなく吾平と似ていらっしゃいます。あ、失礼を申しました」

うっかりよけいなことまで言ってしまい、半右衛門はあわてて頭を下げた。それなりの威厳を持っていてくれないと、こっちも失言が多くなるというものである。

「いや、なにも失礼ではないさ。ふうん。こうして、ぽやっとね……。鳥を売るからには、鳥は好きだったのかね」

海を見たまま、亀無が訊いた。

「売ってるものが好きなものとはかぎりませんでしょうな。あたしも手拭いを扱ってますが、手拭いを好きだとは思ったことはありませんよ」

「そうかね」

亀無は不満げに半右衛門を見た。

「亀無の旦那だって、人殺しやかっぱらいが好きなわけではないでしょう」

「そら、そうだ」

あんまり素直なので、拍子《ひょうし》抜けするくらいである。

「でも、吾平にかぎれば、鳥は好きだったかもしれませんな」

半右衛門も、亀無の素直さがうつったみたいに、吾平を思いだしてそう言った。

「ほう」

「育てると、売るのも惜しくなるとは言ってましたから。とくに名前をつけちまうと、駄目だってね」

「名前。この鳥、全部に名前をつけてたのかい？」

亀無は驚いて、もう一度、店の中を振り向いた。種類にして二十種類以上。数なら百羽以上いるだろう。

「全部だったかどうかはわかりませんが、名前で呼んでいたのはたしかです。だから、素っ頓狂なヤツだったんで」

「そりゃあ、たいしたもんだな」

亀無は感心している様子である。

「あたしも鳥にはくわしくなりました。これが鶉《うずら》。玉子の色と似てますでしょ。鳴きあわせをさせるといいですよ。こっちの四色の鳥は山雀《やまがら》で、青がきれいなのが瑠璃鶲《るりびたき》。鶯《うぐいす》色でこの目のまわりが白いのが目白《めじろ》です」

この前、聞いたことをそのまま言っただけである。ほかの鳥は名前も知らない。

「ああ、目白は知ってたよ。かわいいもんだな」

「それにしても、旦那は不思議なことを訊くんですね。吾平がどんな男だったかなんて」

「そうかね。殺されたやつがどんなヤツだったかを探っていくと、殺したヤツの姿がぼんやりと見えてくるもんだぜ」

亀無は、はじめて自信ありげな顔をした。

「そういうものですか」

「ちと、格好《かっこう》がよすぎたかな」

「いえ、ぜんぜん」

半右衛門は冷たくそう言った。

三

――これは大高が言っていたように、意外に厄介な事件だ。

亀無剣之介は、鳥屋の中に坐りこみ、腕組みしながら考えていた。狭い中に、前後左右、鳥の籠が並んでいて、ぴいぴい、ぴいぴいと囀《さえず》りがやかましい。

人は理由もなしに、他人を殺すようなことは滅多《めった》にない。気でも狂っていないかぎりだが、あの半右衛門にそういう狂気は感じられない。もし、ヤツが下手人だとするなら、なにか理由があるはずなのだ。

この芝田町の一帯は、岡っ引きの佐助《さすけ》という男が睨みを利かしている。本来は呉服屋のあるじという変り種《だね》だが、商いは女房にまかせ、自分は捕り物のほうに夢中である。こいつを使ってやらないと、かなり機嫌を悪くするし、実際、子分の数も多く、調べにも粗漏《そろう》はない。こまかい調べは、すべて佐助たちと中間の茂三にまかせて、剣之介は腰を落ち着けることにした。

半右衛門の内証《ないしょう》については、南町の大高の命《めい》ですでに佐助が調べあげていた。

金については、なんの問題もない。借金もないし、地面や家作もしこたま持っていた。もともと親の代からの金持ちで、半右衛門はそれを手堅く運用していた。

それくらいだから、店子の吾平の金など狙うわけがなかった。

そのほかのことは、夕方になって佐助が報告にきた。白髪だが、歳はそれほどいっていない。たしか四十をいったか、いかないかというくらいで、岡っ引きというより大工の棟梁《とうりょう》のような、きびきびした物腰だった。

「半右衛門の子どもは見たかい？」

　と、佐助に訊いた。

「ええ。まだ七歳の息子で、一生懸命、手習いの稽古に通っていますよ。なかなか賢い子だと、手習いの師匠も言ってました」

「まさか、吾平のほうに子どもがいるってことはねえよな？」

「それはありませんね」

「じゃあ、子ども同士の揉め事から、親同士の喧嘩にってこともねえか」

「旦那も面白いことを考えますねえ」

「女房はどうでえ。南の大高さんは、女がらみだと言ってたぜ」

「ええ。それは大高さまからみっちり言われてました。とくに、半右衛門の女房を探れってね。あれは、おこんと言って、しっとりした美人でして。御家人の娘だったが、器量に惚れた半右衛門が方々《ほうぼう》手をつくして、嫁にしたんです。おとなしい性格で、店にも出ることも嫌がるそうですが、なあに、もともと商いなどにはかかわらなくていいという約束だったらしい」

「そんな女房が怪しいのかね」

「大高さまは、そういうのにかぎって、亭主を平気で裏切ったりするとおっしゃってました。でも、あればっかりは大高さまの見込みちがいではないでしょうか。そうした様子は、まったくうかがえません」

「吾平のほうはどうだい」

「おそめは、元品川の女郎でしてね。あっしもよく知っていた口《くち》で。でも、たびたび心中騒ぎを起こしたりして、売れなくなっていたのを、吾平が落籍《ひか》したんです。気は悪くないんですが、やることが考えなしのところがあってね」

「それなら、大家となにをしでかしても意外ではないな」

「まあ、そうなんですが、いくら洗ってもそんな様子は微塵《みじん》もねえ。あっしは思うんですが、おそめって女はがらっ八《ぱち》で男みてえな性格だが、もともと好色なたちではねえんですよ」

「なるほど」

剣之介もおそめの顔を見たが、それは的《まと》を射ているような気がした。

「それより、おそめのヤツ、もう鳥屋は辞めて、飲み屋を開きたいと言ってましてね。ついては、いまいる鳥たちは、つぶして酒のつまみにするんだと」

「おいおい、もう少し待てと言っておいてくれ」

一応、店はこのままにしておけと言ってはいるのだが、あの手の連中は、八丁堀の同心に言われることより、町の岡っ引きに言われたことのほうを守ったりするのだ。

「それと、宗旨《しゅうし》は訊いてきただろうな？」

「半右衛門のところも吾平のところも、寺は違いますが、法華《ほっけ》でした」

「法華か……。ご禁制の神さまなんざ拝んだりしてねえかなんて思ったりもしたのさ。じつは、吾平も一緒にやっていたが、裏切って禅をくむようになったため、天罰ということで殴られて死んだ……なんてね」

剣之介は苦笑しながらそう言った。

「そりゃあねえでしょう。むしろ、吾平のほうは、信心の気持ちが足りなすぎるってえのはあるかもしれませんが」

「それとだな……」

剣之介は急に口調が重くなった。

「半右衛門に、自分は格別に他人よりも劣っていると気にしてるところはなかったかい？」

「ああ、そのことですが、どういうことか、よくわからなくて」

佐助も怪訝《けげん》そうな顔で訊き返した。

「ほら、人間てえのはさ、なんか気にしているってところが、ひとつやふたつはあるだろ」

「はあ」

佐助が首をかしげていると、鳥屋の前にいた茂三が、脇から助け舟を出した。

「たとえば、あっしは背がでかすぎて、独活《うど》の大木と言われるのがすごく嫌なんだよ。旦那だったら、髷がちりちりに見えるのが」

茂三がそう言うと、剣之介は怒るよりも、わびしげな顔になった。

「それを言うなよ、茂三。だが、まあ、そういうものさ。そこを突かれると、急に怒りだしたりする。そういうのが中谷屋にあっても不思議じゃねえさ」

「でも、中谷屋は見た目はいいですぜ」

「見た目はな。だが、人間、見た目だけとはかぎらんだろ」

「そりゃ、まあ、そうでしょうが」

佐助はさんざん首をひねり、

「あいつはやはり、恵まれた男みたいですぜ」と言った。

この日も亀無剣之介は、鳥屋の中に坐っていた。

今日は天気も悪い。昨日は海は時化たが、雨は降らなかった。今日は朝から冷たい雨が降り続き、いったんやんだが、また降りだしてきた。

今日あたりは、火が欲しいくらいである。

少し震えているところに、中谷屋半右衛門が茶を持ってきてくれた。

「お寒いところを、お疲れさまでございますな」

これで下手人なら、たいした役者である。

「よう、すまねえな」

剣之介も、疑っていることはおくびにも出さず、笑顔で礼を言った。

「鶉が玉子を産んでるな」

茶をすすりながら剣之介は言った。

「さようですな」

半右衛門は籠をのぞきこんでうなずいた。少し、怖がっているようにも見えた。

「玉子は飲まないのかい」

「あたしがですか？　あたしは飲みません。でも、吾平は飲んでいたみたいですよ。あと、蕎麦を食うとき、これをつゆに入れたりもしてました。なんでも身体にはいいそうです」

「おいらも、もらっていこうかな」

「どうぞ、どうぞ」

「奥のほうにいるあの鳥だがな。あれって、もしかしてしゃべる鳥じゃなかったかい」

「ああ、そうです。鸚哥《いんこ》とか言いましたっけ。気味《きみ》が悪いったらありゃしませんよ」

「そうか。じゃあ、おいらもなにか教えこもうかね」

剣之介は、なにを教えたらいいか、考えはじめた。

「じゃあ、あたしは」

「おう、ごちそうになったな」

半右衛門が出ていって間もなく、岡っ引きの佐助がやってきた。

「わかりました。半右衛門が、この何年か凝《こ》っていたものが」

「なんだい？」

「茶の湯です。茶道ってやつ」

「あれか」

剣之介は嫌な顔をした。昔、大恥をかいたことがある。茶会の席で屁《へ》が洩れてしまい、会の主人には睨まれるわ、大笑いされるわで、二度と出ていない。

「茶会ものぞいてきました。のったりのったりやっていますな」

「そういうものさ、あれは。墓場から拾ってきたような、こ汚ない茶碗を褒めて喜んでいるだろう」

「ええ。それは言いすぎですがね」

「茶の湯と吾平では、関係はねえだろうが、一応訊いてみるか」

剣之介はそう言って、店の裏にまわった。

おそめは早くも出した炬燵《こたつ》に入って、草双紙などを読んでいた。

「おい。吾平には茶の湯の趣味なんざあったかい？」

「茶の湯。まさかね。あれは、そういう気取《きど》ったことは嫌いでしたよ。けっこう、いいところの商人の家に生まれたらしいんですが。だから、あたしみたいな女を女房にしたんでしょうが」

「それもそうだな」

剣之介がうなずくと、おそめは小さく「ふん」と鼻を鳴らした。

二階の窓から下をうかがっていると、同心の亀無がとぼとぼと帰っていくところだった。もうすぐ日暮れである。腹も減ったし、寒さも増してきたのだろう。哀れだが、同情よりも笑いが誘われる。

あの男には、そういうところがある。不幸が他人を喜ばせてしまうようなところが。

調べが進んでいないのは、傍《はた》から見ていてもあきらかである。

あたしのことを疑ってはいるのだろうが、殺した理由がわからないのだ。

わかるわけがない。

――半右衛門には自信があった。

早く、あの井戸の茶碗を、茶会で披露《ひろう》したいものだ。いざ手に入れたら、今度は見せたくてたまらなくなった。竹富屋啓二郎がどれだけ羨ましがるか。

だが、どこからどう洩れるかわからない。中谷屋が急にすごい名器を手中にした。そんな噂が流れたら、町方だって耳をそばだてる。

だから、我慢している。

同心の亀無は、だんだん鬱陶《うっとう》しくなってきた。

もしかしたら、見かけよりは切れるのかもしれない。

いつ、諦めてくれるのか。

町方が諦めたら、吾平の女房にも出ていってもらう。そのあと、あそこの地面を掘り返してみたい。まだ、お宝が埋もれているかもしれないのだ。

半右衛門は、黄昏《たそがれ》と人混みのなかに亀無の姿が消えていくのを、目を細めて見つめ続けていた。


芝のほうから来て、弾正橋から八丁堀に入ろうとしたとき、見覚えのある女の影が亀無剣之介の前を通り抜けようとした。

足を止めると、そのまま志保の身体が、剣之介にぶつかってきた。やわらかな胸のあたりが、剣之介の腕の中でたわんだようだった。

「志保さん」

「もう、いや。あたし、いや」

志保はなにかつぶやいている。夢を見ているようでもある。

「志保さん。わたしだよ。亀無剣之介さ」

「え、剣之介さん」

志保がハッとして、身体を離した。

「ああ、ごめんなさい。ぶつかったのね。気がつかなくて」

「大丈夫ですか」

「大丈夫じゃない。もう、いやになってしまって」

「落ち着いて」

「落ち着きたくもない。歩き続けたい」

激しくかぶりを振った。そんな気持ちはわかるような気がする。だが、発作《ほっさ》のようになにかをしでかしてしまうかもしれない。

「そうだな。そういうときは、甘いものでも食おうよ」

昔もこんなときはなかったか。泣きじゃくる志保を慰《なぐさ》めるのに、お菓子を持ちだしたりしたことは。

「あら、酒じゃないんですか」

志保が目を見張った。

「うん。甘いものもいいらしいぜ」

志保はぷっと笑った。

「剣之介さん。昔と一緒ね」

「大人になってないじゃないか」

「ううん。あのころと同じように優しいのね」

志保はそう言って、堀の向こうの明かりに目をやった。赤い提灯の火が、いくつも柳の木のあいだに並んでいる。その火が志保の目に映《うつ》っていた。

「あ」

剣之介が短く叫んだ。

「どうしたの」

「つぶれた」

「なにが？」

「さっき、家で食おうと思って入れておいた鶉の玉子が」

志保とぶつかった拍子《ひょうし》に、懐に三つ入れておいた小さな玉子が、つぶれてぬるぬるとした嫌な感触があった。


甘い団子とみつ豆を食べて、どうにか落ち着いたらしい志保を、剣之介は松田家に連れてきた。

松田重蔵は、志保を見ると、何度かうなずき、

「うむ、いま、話は聞いた」

と言った。先に大高が来ていたらしい。

「しばらく家で預かるからと言っておいた。安心して、休め」

松田は、子どものときよりはずいぶん優しくなっていた。妹を見る目にも、同情のような気持ちがうかがえた。

志保が奥の間に行くのを見送ると、

「ちょうどいい。剣之介に訊きたいことがあった」

そう言って、有無《うむ》を言わさず剣之介を書斎にあがらせた。

「芝田町の殺しだがな」

「はい」

「わしはわかったぞ」

松田のところに、大高が書いた書付は届いている。いつもの下手人探しをするには、充分すぎるくらいの事実をつかんでいるのだ。

「それはすごい」

「下手人は大高も書いていたとおり、半右衛門だろうな」

「それはわたしもそう思います」

うなずいたところに、志保がうどんを運んできた。お膳に湯気の立つどんぶりが乗っている。松田のほうにも置かれた。

「手早く作ったのでおいしいかどうか」

「ああ、これはいただきます」

剣之介は腹が減っており、思わず箸を取り、うどんをひと口すすった。

「うまい。すごくうまい」

そう言いながら、志保が料理下手だと言っていた大高の言葉を思いだした。だが、そんなことはない。お世辞《せじ》ではなくうまい。

「ちと、しょっぱすぎないか」

重蔵が言った。

「いや、そんなことはないです。ダシがよく利いている」

志保が嬉しそうに出ていった。

重蔵がうどんをすすりながら、さっきの続きを話しだした。

「それには猫がからんでいるな」

「猫ですか」

「吾平はおそらく、猫を食ったのだ」

「すごいものを食いますな」

と、少しむせながら、剣之介は言った。

「それは、きっと猫が売り物の鳥を食ってしまったのだ。いくら籠に入っているとは言っても、猫は籠の隙間から手を差し入れたりするからな」

「たしかに」

「吾平は、高価な売り物の鳥を食われたものだから、カッとなった。猫をつかまえ、皮をはいで、皮のほうは三味線《しゃみせん》に、肉のほうは鍋に入れて食ってしまったというわけさ。その猫が、半右衛門がひそかにかわいがっていた猫だったのだ」

「かわいがっていた猫の怨みですか」

「そうだ。この怨みは意外に深いものだ。聞いてみろ。半右衛門がかわいがっていた猫がいなくなったりしなかったか」

「聞いておきます」

とは言ったが、剣之介はうどんを食うほうに気がいっていた。

ちなみに、剣之介はちゃんと後日、確認している。半右衛門は猫を飼っていなかったか。

猫は飼っていないが、兎《うさぎ》は飼っていた。その兎は逃げたらしく、いなくなってしまったという。

だが、剣之介はそのことを、松田重蔵に告げることはしなかった。兎のことを聞けば、松田重蔵はきっと、こう言うはずなのである。「そうか、吾平は兎を食ったんだ」と。

「だが、兎が鳥を食いますかね」と訊こうものなら、さらにこう言うに決まっていた。「いや、鳥を食ったから復讐したのではなく、兎が食いたくなったから食ったんだ」と。

剣之介は、松田重蔵がこの一件を忘れるのを待つことにした。

四

「なに。鳥を処分したいだと。そんなことしたら、おめえが下手人だとしょっぴくから覚悟しなよ」

「ひっ」

剣之介がおそめを怒鳴《どな》りつけた。こんなふうに脅したりするのも、剣之介にしたらきわめて珍しい。おそめは岡っ引きの佐助からも言われていたのに、飲み屋を開くのが待ちきれなくなったらしい。おずおずと鳥を始末していいかと言ってきたので、たまらず怒鳴りつけたというわけである。

剣之介はさんざん悩んだすえに、もう一度、吾平が殺された場所から推測を重ねていくことにした。

吾平は、狭い店の中の、右手のあたりで倒れていたという。

剣之介はそこに立った。ここには、なにがあったのか。

目の前には、鶉の籠がぶら下がっている。鶉は雀《すずめ》よりは大きいが、おかしなかたちをした愛らしい鳥だ。それがつがいで入っている。

籠の中には餌入れと水入れ。どちらも、人が茶を飲むときに使う碗である。

――ここで、水でも換えようとしていたとき、襲われたのだろうか。

吾平の頭の傷は、右の後頭部にあった。これは、下手人が左利きでないかぎりは、後ろから撲られたのではないか。

半右衛門は左利きではない。

次に、剣之介は吾平が倒れていたところから外に出た。

今日は天気がよかった。風はあるがそれほど寒くはない。青い空では、うろこ雲がいかにも秋らしい気配を漂わせている。

ときおり蜻蛉《とんぼ》の群れが、空を横切った。

店の前には縁台があった。半畳分ほどの大きさで、せいぜいふたりくらいしか掛けられない。見ているうち、

――なんのために、ここに縁台があるのだ？

剣之介はそう思った。吾平はこの縁台には坐らなかったはずである。なぜなら、家並みが邪魔して、この位置からだと芝の海を眺めることはできないからだ。吾平はいつも、もっと右のほうに愛用の木株を置き、それに坐って海を見ていた。

縁台に坐ってぼんやりしていると、半右衛門が現われた。やはりこの男は、おいらの動向を気にしているのだ。剣之介はそう思った。

「やあ、ちょうどいい。訊きたいのだが、縁台はいつもこの位置にあったのだな」

「はい。そこに置かれていました」

「わからんな」

「なにがでしょう」

「だから、ここに縁台を置く理由さ。ここからだと、海は見えないではないか」

「だって、それは自分のためではなく、お客のための縁台でしょう」

半右衛門は、なぜそんなことをという気持ちを滲《にじ》ませながら言った。

「お客のため？」

「はい。鳥の鳴き声を聞かせるためでしょう」

「そりゃあ変だな」

「なにが？」

「のどかな山間《やまあい》の茶店ならともかく、鳥屋なんざ鳥がいっぱいいるんだ。一羽二羽ならいい声が聞けても、いっぱいいたら、ぴいぴいうるせえだけじゃねえか」

「そりゃあ、まあ」

「もしかしたら、このあたりに、いちばん客に見せたいものがあったのかな」

「え」

半右衛門の顔がいびつになったように見えた。

「そう思ってみると、ほれ、鶉の籠がいちばんよく見えてるだろ」

「そうでございますな」

たいして気のないように、半右衛門はうなずいた。

「倒れていたのも、ちょうどそこんとこだ」

「そうでしたな」

「やはり、ここになにかあったんじゃねえかな。それとさ、吾平はかなづちか木づちのようなもので撲殺されたらしい。でも、血のついたかなづちや木づちなぞは、ここらから見つかっていねえ」

「そりゃあ、下手人だって、遠くにいってから捨てますでしょう」

「遠くにいるヤツだったらな。でも、近くのヤツならどうする？　そこで、おいらは思いだしたことがあったのさ」

「なにを？」

「以前、こんなことがあった。鉄の棒で撲られて殺されたという事件があったんだが、よくよく調べたら、鉄の棒じゃねえ。穴あき銭を縛ったやつで撲ったものだったのさ。だから、吾平の傷も、もしかしたら、銭の束、いや、たとえば小判を包んだやつで撲ったりしたのかな、とね。だとすると、吾平のところに小判がそれだけあったか、逆に殺したやつが持ちこんだか」

剣之介がそう言うと、半右衛門はしばらく鼻の付け根あたりを指で押さえ、

「殺したやつが小判を持ちこむんですか。旦那も、突飛《とっぴ》な想像をするお人ですなあ」

と、愉快そうに笑った。

剣之介は、それには答えず、縁台に腰をかけて、東海道を行きすぎる旅人たち

を見続けた。

それからは、毎日、亀無剣之介は鳥屋の前に坐り続けた。

半右衛門も気になるらしく、ときおりやってきては、剣之介に声をかけた。

「似合うね、旦那。鳥屋の前が」

からかうように言った。次第《しだい》に口調がぞんざいになってきていた。

「そうかい」

「ああ。鳥たちがその頭に止まりたそうにしてるよ」

剣之介が気を悪くした様子もないので、半右衛門はそのうちいなくなった。

東海道は大名行列も通る。いまは、参勤交代と言われるものはなくなっていたが、それでも国許《くにもと》と江戸のあいだを往復しないわけではない。

その大名行列を見送っているとき、剣之介は視線を感じた。視線はもっとも立派な駕籠《かご》の中から感じる。お殿さまだろう。

そばに寄っていた年配の武士が、剣之介のいるあたりより少し左上、鶉の籠の付近を鋭い目で見ていた。

なにかがあったのは間違いない。鶉の籠がどうにも怪しい。

その二日後である。

今度はいかにも大身の旗本が、家来たちを通りに待たせたまま近づいてきて、

「ここの鳥屋はどうした？」

と訊いた。

「鳥屋になにか御用ですか？」

「そなたは八丁堀であろう」

「はい。知っていることなら、お答えできますが」

「いや、まあよい。ひさしぶりに寄ってみただけだ」

言葉を濁《にご》して去っていった。

剣之介は変装をすることにした。八丁堀の同心の姿では、町人ならともかく、大名や旗本たちには警戒されるだけである。

翌日からは、こ汚ない着物に股引《ももひき》、それで尻をはしょった。頭には、これもだいぶ汚れた手拭いを巻いた。

坐っていると、半右衛門がにやにや笑いながら寄ってきた。

「亀無の旦那。どういうつもりですかな」

「なあに、鳥屋に見られたいだけさ」

剣之介は軽く答えた。定町廻りの同心こそあまりやらないが、隠密廻りなどは変装もする。それほど異例ではない。それよりも、亀無の町人姿が、あまりにもしっくりしすぎるところが異例と言っていいくらいだった。

そして、待つこと、十日――。

ついに目あての人物が現われた。

着物や物腰から、剣之介は大名の用人と睨んだ。歳は五十がらみ、肥《ふと》ってはいるが、ちゃんと鍛えあげたという肉の付き方である。

「おい、そのほうは違うな。以前、ここにいた鳥屋はどういたした？」

「へえ。ちっと身体を悪くしましてね。あっしは弟なんですが、しばらく店の面倒を見ることになりました」

「あ、弟か。そういえば、どことなく雰囲気が似ておるな」

男はそう言った。似ていると言われても、剣之介は意外ではなかった。吾平がどんな男だったか調べを進めるうち、なんとなく自分と似ているような気がしていたのである。

日がな一日、ぽやっと海を眺めているようなところ。茶の湯などという気取ったものは大嫌いなところ。生きていて話をしたら、けっこう気が合ったのではないか。

「そうか。ところで、ここに鶉を入れた鳥籠があっただろう」

「ええ、ありました」

鶉の籠は、中に仕舞《しま》ってある。そのほうが、いいような気がした。勘はあたったらしい。

「あれは、どういたした?」

「ちと、わけがありましてね」

「うむ。それはあるだろう」

「仕舞いました」

「ふうむ」

用人らしき武士は、店の中をうかがうように身体を曲げた。

「お求めになりたかったので?」

「どうしても、諦めきれなくてな。いや、なに、鶉のほうはちゃんとかわいがっておるぞ。玉子も食べておるしな。だが、やはり、あれがな」

この武士は鶉は買ったのだという。それでも、まだ、なにかを欲しがっている。

鶉の籠に、鶉以外のなにがあったのか?

「皆さん、そうおっしゃいます」

「ほかにもいたのか」

「それはまあ」

うっかりしたことは言えない。相手の出方を確かめつつ、こっちは言葉を選ばなければならない。

「値をつりあげおったのか。あいつ、金なんかいらないと言いながら」

「そういうつもりもないんでしょうが。兄貴にはいくらとおっしゃったので？」

「わしは二百五十両と言ったが、安かったかもしれぬ」

「二、二百五十……」

頭がくらっとした。やはり、それは鶉の値ではない。いくら江戸には好事家が多くても、生きものにそこまでの値はつけない。

「やはり、そなたも安いと思うか。そうだな、なにせ井戸の茶碗だしな」

ついに出た。目あての言葉がやっと飛びだしてきた。

「そうですよ。江戸の茶碗」

「江戸？」

違ったらしい。あぶねえ、あぶねえ。どきどきする。

「あれ、江戸って言いました」

「いや、いい。しかも、井戸の茶碗のなかでも、あれは貴重な大井戸の茶碗だった。もしも、江戸家老たちの茶会であれを出したら、わが藩もどれほど注目を集めることか」

「茶会でねえ」

これでようやく中谷屋とつながった。茶人にとっては、喉から手が出るほどの名器らしい。何食わぬ顔で聞いているが、剣之介は踊りだしたいくらいである。

「よくよく考えた。四百両までなら、なんとかなるやもしれぬ。ぜひとも、そのほうの兄に伝えてみてくれぬか」

「それはいいですが。兄貴も変な男ですからね」

「それは、変な男でなければ、あんなおかしなことは思いつかぬさ。鳥籠に入れて、それを囮《おとり》に鳥を売るなんてな」

そうか。そういうことだったのか。

「まったく、兄貴もなにを考えてるのか」

「だが、上方《かみがた》の落語に、どうやらそんな話があるらしいな」

「上方に？」

半右衛門は九月から十月にかけて、京大坂を旅してきたはずである。

「うむ。そっちは峠の茶屋にいる猫が、すごい皿で餌を食っている。旅人がその皿の価値をおやじが知らないのだと思い、猫を売ってくれ、ついでに皿もつけてくれと言うが、なあに、茶店のおやじの計略というわけさ」

半右衛門はその落語を上方で聞いた。そして、まさかと思い、戻って確かめると、井戸の茶碗だった。

「そうですか。兄貴はそれを真似《まね》たんですかね」

「いや。もしかしたら逆かもしれぬぞ。ここで引っかかった者が、上方でそんな話をしたのやもしれぬ。わしは誰にも言わぬがな。安心してくれてよいぞ」

その武士は悠然とした足取りで、日本橋方面に歩いていった。世情はこのところ落ち着きをなくし、激動の気配もあるというのに、その武士の後ろ姿は太平の世をむさぼりつくした大らかな気配だった。

「見たぞ、半右衛門！」

鸚哥《いんこ》がそう言った。

「見たぞ！」

半右衛門が目を丸くして、

「どういうことですか」

と、恐る恐る訊いた。

「なあに、わしがしつこく教えこんだだけさ」

剣之介がそう言うと、半右衛門は顔を歪《ゆが》めて笑った。まったく、これを覚えさせるまで、なんべん鸚哥の前で同じ文句を言ったことか。変装して通りを見張るあいだに、退屈しのぎにやったことだった。

「なんだ、亀無の旦那も人が悪い。なにを言われたかと、ドキッとしますよ」

「たかが鳥の言うことに、そんなに驚くことはないさ」

「それで、用件は？」

半右衛門は、まだ不安げに訊いた。夜もだいぶ深まってから、半右衛門を中谷屋の母屋から、この鳥屋のほうに呼びだしたのである。

「なあに、ちょと見てもらいたいものが出てきたのさ」

「見てもらいたいもの？」

「おい、茂三」

剣之介の後ろにいた茂三が、木箱の中から茶碗を取りだした。暗いのでよく見えないが、ゆるやかなかたちをした手のひらほどの茶碗である。

「吾平の持ち物を調べていたらさ、野郎が大事にしていた茶碗が出てきたのさ。おそめの話だと、ここの地面の下から掘りだしたものらしい。だとしたら、あんたのものってことになるんだろうな」

剣之介がそう言うと、半右衛門はごくりと唾を飲んだ。

「そ、そうなりますな」

「どうも、もうひとつ、対《つい》のやつもあるらしいが、なあに所詮《しょせん》、吾平の見立てだ。たいしたもんじゃねえ。これで渋茶でも入れて、飲んでみねえかい」

茂三がその茶碗を持って、歩きだそうとしたが、背が高すぎて足がもつれるのか、ぐらりと身体が揺れた。

「おっとっとっと」

「あっ、あああ」

剣之介があわててつかみかけるが、下に落ち、ぱかりと割れた。

「さ、三百両の井戸の茶碗が」

半右衛門が思わずそう言った。

「皆さん、聞きましたね」

剣之介が部屋の隅に向かって、そう言った。

松田重蔵と大高晋一郎がそこにいた。

「罠に落ちたってわけですか」

割れた茶碗を見ながら、半右衛門はつぶやいた。

「そうだな」

「亀無の旦那の罠に、あたしが嵌《は》まったか……」

「すまねえな。おいらじゃ役者不足だったかい」

剣之介は本当にすまなそうに言って、頭を指先で掻いた。

「芝居ですかい、旦那? そうやって、いかにもしょぼたれた情けねえ格好で、こっちを油断させといて、じわじわと追いつめてくる。その、カビの生えたような髷も、おどおどしたような口ぶりも、全部、芝居だったたんですかい?」

低い声で訊いた。

「そういうつもりじゃねえんだよ。騙そうとか、油断させようとか、そんな気はこれっぱかりもねえんだ。だが、みんな、そう思うらしいな。おめえなんぞに捕まっても、捕まった気がしねえって言われたこともあるよ」

「まったくだ。そんだけ切れるんだから、もっとすっぱりやってもらいたかったよ。剣之介なんて名前をつけてるんだからさ」

愚痴《ぐち》るように言ったが、

「中谷屋、いいかげんで神妙にしな」

大高がそう言うと、半右衛門は膝から崩れ落ちていった。

第四話　早替わり

一

「なんとか言えよ。言えるもんならよ」

座元の柳川錦二郎《やながわきんじろう》のドスの効いた声が、部屋に置かれた数々の人形や飾り物を震わせた。あたりはやけに静まり返っている。おそらくほかの部屋や、外の廊下でも、みんな聞き耳を立てていることだろう。

村田座の座元、柳川錦二郎の部屋である。六畳の広さだが、荷物が多いので、畳が見えるのは三畳分ほどである。真ん中には丸い陶器の火鉢《ひばち》があり、鉄瓶がちんちんと小さな音を立てている。

怒っている座元の前でかしこまっているのは、いまや村田座の看板役者である桜川雪四郎《さくらがわゆきしろう》だった。

「よくもおれを裏切ることができたもんだよなあ。四つのときから、売れねえ大根役者の息子を引き取り、手塩にかけて育てたら、このざまだ。おれは目を疑ったぜ」

天井を仰いだままそう言い、最後は泣き声になった。だいぶ小皺《こじわ》が目立つが、それでもいい男である。六十近いが、四十代なかばと言っても通るくらいだった。

上を向いた目から、涙が一滴、頰を伝った。

その涙をちらりと見た桜川雪四郎は、

──芝居に決まっている。

と、内心でつぶやいた。こういうくさい芝居を平気でする男なのだ。

だからと言って、座元が怒っていないわけではないのである。

裏切りと感じ、おれに憎悪の炎を燃やしているのは嘘ではない。そこが、座元の怖いところだ。

正面の隅には、座元の女房のおとよが顔を伏せている。歳は、二十九。いい女ではあるが、白粉《おしろい》を塗りすぎるので、ときどきまだらになっていることがある。

いまはとくに、座元から頰を何発か張られたらしく、顔の左半分が赤くなっていた。髪も引っ張られたらしく、髷《まげ》のかたちが大きく歪んでいる。恐怖と痛みからか、壁に背をあずけてぐったりもしている。

雪四郎は、このおとよとできてしまった。

誘ったのは、おとよのほうである。芸のことで忠告したいことがあるというのが口実で、茶屋に引っ張りこまれた。たいしてやる気もなかったが、なんとはなしに寝た。そんな気分はおとよにも伝わったらしく、おとよも投げやりなふうに身をまかせた。それから、ひと月ほどあけてもう一度。

もう終わりにしようと言い、おとよもそうしようと言ったその二度目に、茶屋から出てきたところを、ご贔屓《ひいき》筋《すじ》に見つかって、密告された。

気がなかろうが、別れの約束をしていようが、言いわけにはならない。

しらばくれようにも、雪四郎が部屋に入ったときは、すでおとよが白状してしまったあとだった。

「聞いてんのか、おう」

「ええ」

蚊の鳴くような声で言ったが、内心は違う。「女房に浮気をさせたくなかったら、ちゃんと抱えこんでいろ」と言いたいし、おとよに対しても、「てめえなんざ、これっぽかりも惚れちゃいねえ」と言いたかった。

だが、さすがにそれは言えない。

「おれはおめえを許さねえぜ、雪四郎」

「座元……」

「この芝居もあと少しで千秋楽《せんしゅうらく》だ。終わったら、江戸にいられなくしてやる。いや、それどころか、生きて歩けるかどうかもわからねえぜ」

そう言って、座元は鉄瓶から手元にあった茶碗に湯を入れ、音を立ててすすった。うまそうな音だった。喉が渇いていて、飲ませてくれと言いたかった。

だが、雪四郎は神妙な面持ちでうつむいている。

「この糞野郎！」

座元がいきなり茶碗を投げてきた。湯が残っていて、あたりに飛び散った。茶碗はあやうく雪四郎のこめかみのところをかすり、後ろの壁にあたって割れた。

「さっさと失せろ」

「兄さん……」

外の廊下に出ると、おとうと弟子の竹川清七《たけかわせいしち》が寄ってきた。歳はひとつ下だが、入門は雪四郎より五年ほど遅い。

「うむ。心配かけたな、清七」

座元に呼ばれたとき、清七には手早く事情を説明した。座元が刃物でも持ちだそうものなら、すぐに飛びこもうと、部屋の外に待機していてくれたのだ。

「とりあえず、どこかへ行きましょう」

草履をつっかけて、提灯《ちょうちん》や絵看板に飾りたてられた正面の玄関から外へ出た。

冷たい風が吹いている。まもなく師走《しわす》が近い。まだ雪こそ降らないが、今年の冬は寒さが厳しそうだった。

「千秋楽が終わったら、おれを江戸にいられなくするってさ」

「そんな馬鹿な。そんなことできっこねえ」

桜川雪四郎は、村田座の看板役者であるばかりか、江戸でも指折りの人気役者に成長している。

村田座は、木挽町四丁目にある。このあたりの芝居小屋は天保時代に一掃されたが、なにせこの世界の連中はしたたかである。もぐりの興行をはじめたと思ったら、ここ数年は猿若町の江戸三座の人気に迫《せま》ろうかという勢いだった。

とくにこの夏のあたり狂言『黒船神風縁起』の人気はすごかった。

七月一日が初日だったが、その初日からずっと、大入り満員を続けた。ひと月興行の予定が、まったく客足は衰えず、もう十一月になった。さすがに師走は、特別の演目を予定しているので、月末にはいったん千秋楽にするが、来年、ふたたびこのネタをかけることにした。

人気の理由には、題材が時流に適していたこともあった。

黒船に乗ってきたペルリ提督とその軍団を、メリケンに漂流して、ペルリと一緒に黒船で戻ってきた日本左右衛門が、江戸の白波《しらなみ》たちと手を結び、さんざんにぶちのめすという話だった。題材が題材だけに、お上からお咎《とが》めがあるのではと心配する向きもあったが、いざ蓋を開けてみたら、当の武士たちがわんさか押しかける始末だった。

もちろん、その日本左右衛門に扮するのは、桜川雪四郎である。

雪四郎は、三十を少し出たばかりの若い役者である。その若さを、この舞台でも充分に活かしきっていた。

すばやい動き。高い跳躍。不良っぽい仕草。客席全体にまんべんなく熱い視線を向けることだけでも、老いた役者には容易ではない。こうした、身体全体から発散する魅力で、名跡の誇りと寄る年波を背負《せお》いすぎた四十代、五十代の役者では集めようのない若い客を獲得していた。

いまや、若い世代にとっては、猿若三座などより、村田座に行くほうが当世風のことになっていた。

しかも、雪四郎のすごいところは、戯作をつくる才能もあったことである。自分の魅力を最大限に発揮できる台本を、みずから準備することができる。ちょっとかすれたような鼻声を活かし、やんちゃな台詞《せりふ》をちりばめることもできた。実際、『黒船』にしても、半分以上は雪四郎が書いたものだった。

おとうと弟子の清七が、雪四郎を江戸にいられなくすることなど「できっこねえ」と言ったのは、そういう事情からである。つまり、いまの村田座の人気は雪四郎のおかげだし、雪四郎がいなくなれば座元だって自滅するに決まっている。

それは、誰が見てもそうだろう。

「でも、あの座元はやるのさ」

引きつった笑いを浮かべて、雪四郎は言った。

「まさか」

「いや、おれは知ってる。脅しだけじゃねえ」

子どものころから見てきたのだ。よそに移った井川孫七郎という人気役者を、やくざを使って半殺しにさせた。井川孫七郎は足の骨を砕かれ、命は助かったものの、舞台に立つことはできなくなった。そういうことをやる男なのだ。

「そんなに馬鹿なんだ、あの人は……」

清七がため息をつく。

雪四郎は足を止めた。木挽町の外れの七丁目あたりである。清七の家はこの裏手にあり、雪四郎の家は、汐留橋を渡った芝口新町にあった。

足を止めたのは、何度か入ったことのある〈あさり〉という名の小さな飲み屋である。たしか、奥には小部屋があった。誰にも聞かれずに話がしたい。

「ごめんよ」

「こりゃ、どうも」

あるじの顔が輝いた。

雪四郎が店内に入ると、客がざわついた。きゃっと、小さな叫びをあげた女の客もいた。もちろん喜びの悲鳴である。

「奥の部屋は空いてるかな」

「へい、どうぞ」

あるじはいそいそと雪四郎を案内する。人気役者がご愛用の店というだけで、店の格もあがれば、客も増える。

い客ではない。


「熱いのを二本。それとおしんこでも刻んでくれ」

雪四郎は、飲むときはほとんどつまみを食わない。売上からしたら、決してい客ではない。

酒がくると、あるじにはそっけなく、ふたりだけにさせてくれと頼み、すぐに手酌で飲みながら話に入った。

「じゃ、どうするんで、兄さん？」

清七が、外の気配をうかがうように、声を低めて訊いた。

「どうするかだって？　師走の稼ぎどきに、折られた足を引きずりながら、江戸の外で暮らすのか。それとも……」

「それとも、なんだい？」

「こっちが先に殺してやるか」

雪四郎は酒をあおった。

清七は度胸が据わった男らしく、臆した様子もなく、

「そうだよ、兄さん。その言葉を待ってた。誰か頼もうよ。おいらの知り合いに、金で殺しを引き受けてくれる連中を知ってるというヤツがいる」

「ずいぶん遠い話だな」

「でも、そういうことは、あいだに何人か置いたほうがばれねえもんだぜ」

「いや。おれは、この手で座元を殺《や》りてえんだ」

　小さな丸窓の外で、風がひゅっと唸った。

「まさか……」

　清七は盃を下に置いた。それでは雪四郎が罪人になってしまう。村田座の人気も衰え、雪四郎の二番手になるべく芸に励んだ自分の努力も報《むく》われない。

「本当だ。あいつは、おれに恩人づらしやがるが、あいつの下にいなかったら、おれはもっと早く芽が出たし、もっといろんな芝居がやれた。恩義なんて感じていねえ。怨みつらみだけだ」

　数々の屈辱がよみがえる。どれほど耐えたか。どれほど、もう飛びだして、上《かみ》方《がた》にでも行こうと思ったか。

「それほど」

「だが、やっとここまできた。せっかくここまできた人気を捨てるわけにはいかない。おれは、役者としてまだまだ大成できる器なんだ」

「そうだよ、兄さん」

「だから、下手人がわからねえようにやってやる。どうせ、あいつはいろんな役者に怨みを買ってるんだ」

「そりゃあ、たしかに座元を殺したいと思ってる役者や裏方は、五人や十人じゃきかねえよ。でも、兄さんと座元が喧嘩したことは、おそらく皆、知っている。すると、座元が殺されたら、兄さんがいちばんに疑われるぜ」

「そこだよ。もし、こういうことだったら、誰もおれを疑うことはできねえぜ。つまり、舞台の最中に、しかもおれが舞台の上にいるときに、座元が殺されるんだ」

そう言った途端《とたん》、雪四郎の顔がすっと青ざめ、緊張した表情になった。

「ということは、直接にはおれが殺すのかい？　いいよ。おれはやるよ」

「いや、おれがこの手でやるって言っただろ」

「そんなの無理だ、兄さん」

「なあに、できるさ。ただし、そうなるとひとりでできることではない」

「もちろん、おれが手伝うぜ。ほかにも、兄さんについていくってのは大勢いる。金助。良二郎、為作。あいつらだって、兄さんと一蓮托生《いちれんたくしょう》だ。さっそく話をするよ」

「待て、待て。こういうことは、できるだけ数が少ないほうがいいんだ。どの幕で、どんなふうにやればいいのか。ひと晩、考えてみる。都合が悪いところは、芝居のほうを変える。なあに、大半はおれがつくった芝居だ。全部、頭に入ってるんだ」

「そうか、そこまで決意したかい」

「ああ。おめえは無理しなくていいぜ」

「冗談言うなよ。おいらは地獄の底までついてくぜ」

ちょうど、いま演じている『黒船神風縁起』の役である江戸の白波、はにわ小僧三吉のように、軽やかな声で笑った。


翌朝――。

汐留橋のたもとで、雪四郎と清七は待ちあわせた。まだ夜明け前だが、うっすらと東の空が明るんでいる。

いつもこうして待ちあわせ、一緒に小屋まで向かった。村田座が木挽町に小屋を持った四年前から、ずっとこうしている。

ふたりとも独り身ではあるが、家にはお互い女がいる。面白いことにどちらも年上の髪結《かみゆ》いで、どちらも表に出たがるのは嫌だという性格だった。ただ、清七の女のほうは、近頃、正式に一緒になってほしいと言いだしているとのことだった。

今日もいちだんと冷えこみ、清七が肩を丸めて近づくと、

「今日、やるぜ」

雪四郎はきっぱりと言った。清七は驚いた。

「え、そんなに早く大丈夫なんで」

「大丈夫だ」

雪四郎は決然とした足取りで歩きだした。清七も並んだ。

「使うのは、ほかに誰ですかい。すぐに説得します」

「誰にも言うな。おめえとおいらと、ふたりだけでやれる」

「ふたりだけ!」

それで、芝居の最中に誰にも知られず座元を殺害することなど、できるのだろうか。

「ああ、やれる。昨夜、何度も頭に描いてみた。いいか、手順はこうだ……」

雪四郎は立ち止まり、地面に棒ッ切れで簡単な絵を描きながら、その手順を説明した。

「これがおめえだ。おれはこっちにいる」

「なるほど」

「ここで暗転だ」

「そうか」

「な、できるだろ」

雪四郎は清七の目を見た。自慢げだった。いつも、戯作を書き終えたときは、こんな目をした。

「ほんとだ。すごいや、兄さん」

清七も心底、感心した。こんなことをひと晩で思いつくなんて、どういう頭をしてるんだろうとも思った。

「暗くなったときに、どれだけ速く動けるかだが」

「大丈夫だよ、それは。目をつむってたってできることだ」

「それと、身代わりの下手人をつくらなくちゃならねえ」

「そうか、それがあったか」

「おめえ、まだ梅川高三郎《うめがわたかさぶろう》と付き合いがあったな」

座元に首にされ、「殺してやる」と喚《わめ》いていた若手の役者である。

「いや、付き合いというより、野郎がなんだかんだと言ってくるんでさ」

「あいつに下手人になってもらおう」

「そりゃあ、ぴったりだ。あいつ、生まれて初めて、適役をもらうんじゃないかな」

「よし、高三郎のことは、おめえにまかせたぜ」

「大丈夫だ」

「それに、高三郎をふん縛らせるため、岡っ引きのひとりも呼んでおくか」

「兄さん」

清七が遠慮がちな顔になった。

「なんでえ」

「おとよさんはいいかな。手伝わせなくて。あの人も、座元には怨みつらみがあるはずだぜ。だから、兄さんとも……」

「馬鹿言うんじゃねえ」

雪四郎は、吐くように言った。座元の女房なんざ、もう味方にするつもりはなかった。あれはほんの遊びなのだ。あんなのを計画に加えたら、すぐに逆上したり、度《ど》を失ったりして、できる計画もできなくなる。すべて隠して、推《お》し進めるのだ。

「それじゃあ、芝居がはじまる前と幕間で準備を整えるぜ」

「まかしといてくれ、兄さん」

「これぞ一世一代の大芝居だ」

雪四郎と清七は立ちあがって歩きだした。

ちょうど、朝焼けの赤い光が道を染めはじめたとき、小屋が近づいてきた。小屋の前にはすでに二、三十人の客が待っていた。

江戸の芝居の幕開けは早く、朝からはじまる。ゆっくりのったりと芝居が進み、途中、幕間の休憩が何度もあって、夕方近くに山場《やまば》を迎える。

だから、客の出も早く、少し遠くから来る客は真っ暗なうちに家を出てくるのだ。

こっちから雪四郎がやってくるのを見つけた客たちが、

「雪さま、お成り！」

「新、日本一！」

などと、嬉しい掛け声をかけて寄こした。

芝居にかかわる人たちは、誰もが慌《あわただ》しい一日を送らなければならないが、雪四郎と清七はとくに大忙しだった。

清七はまず、若手の役者に命じて、海沿いの南小田原町に住む梅川高三郎を呼んでこさせた。高三郎がろくろく働かずに、船宿のおかみをしている姉のところで居候をしているのはわかっていた。

五段目と六段目の合い間に高三郎がやってくると、清七は声を低めていった。

「おれがとりなしてやるよ。役者をやりてえんだろ」

はっきりとは言わないが、ずっとそれを期待していたのはわかっていた。

「そりゃあ、おれだって」

自分に才能がないとは、これっぽっちも思っていない。役によっては雪四郎よりうまいと豪語して、周囲の失笑を買ったこともある。

「じゃあ、とりあえず座元に挨拶だけしようか」

そう言って、皆が大勢そろっているところで、座元のところに連れていった。

「てめえ、なにしにきた」

案の定、座元の柳川錦二郎は、いきなり怒鳴りつけた。

許されるかと期待していた高三郎は、ついふてた顔をする。

「話くれえ聞いてくれても」

「誰がてめえなんぞと」

これぞ、楽屋中のみんなに見せておきたかった場面である。

そこに清七が割って入り、舞台とは反対側にある楽屋のほうへ引っ張っていく。

村田座は、ほかの芝居小屋と同様に、舞台の裏手に三階づくりの楽屋があるが、それだけでなく舞台の反対、つまり客席の入り口側にも楽屋がつくられてあった。客のほうから舞台が見られるように、特別につくられたもので、こちらには座元の楽屋のほか、いくつか小部屋もあった。

清七は、ふてくされる高三郎を、その小部屋に押しこんだ。ちょうど、座元の楽屋の隣にあたり、ふだんは雪四郎の控え用に使われている。

「まあまあ、いいから。ここで待ってなよ。芝居がはねたら、雪四郎兄さんがもう一度、じっくり話をしてくれるそうだから」

「雪四郎さんが……そいつはかたじけねえな」

「そこに酒もあるだろ。飲んでくれてかまわねえってさ」

清七が菰《こも》かぶりを指差した。高三郎は思わず舌なめずりする。そのくせ酒は弱く、飲めばすぐにべろべろになって寝込んでしまうのもわかっていた。

雪四郎も段取りに余念《よねん》がない。

この舞台を、町方の者にじっくり見せておく必要があった。そいつが、高三郎を縛りあげてくれるのだ。

まったくの馬鹿では用をなさない。ひとり、北町奉行所の臨時廻り同心に知り合いがいる。名はたしか亀無剣之介といった。贔屓筋《ひいきすじ》が懇意《こんい》にしている同心で、一、二度、挨拶もした。ぼーっとしているどころか、おどおどしている。口もはっきりしなかった。あんな馬鹿を呼んでみても、眼前で起きたことを理解するのが難しいだろう。

やはり、岡っ引きの留助《とめすけ》に白羽の矢を立てた。

丁重《ていちょう》な手紙を書いて、弟子に急いで届けさせた。

――じつは、破門された梅川高三郎という役者が、座元を殺すとか言って、今日も小屋のまわりをうろうろしている。親分がいてくれたら、野郎も怖がって近づかないだろう。いい席を用意するので、四段目あたりからでもいいから、ぜひ観にきていただきたい。おひとりでは退屈だろうから、おかみさんの席も用意した。ふだん、ご苦労をかけておられるはずだから、たまには女房孝行もいいのではないか。

そんな内容である。

留助はすっかり有頂天で駆けつけてきた。後ろには、急いで白粉《おしろい》を塗りたくったものだから、髪の生え際まで白くなった女房が興奮した顔で立っている。

「これは親分、お忙しいところを申しわけねえ」

「なあに、この芝居が観られると聞いたら、うちのやつが狂ったみたいに暴れだしやがって。ありがたく見物させてもらいます。おっと、もちろん危なそうな男がいたら、しっかり目をつけておきますから」

「助かりますよ」

そう言って、花道の脇の席に案内させた。

「花道の脇かい。すまねえな」

そこは、雪四郎の女とそのおっかさんが来るというので開けておいた席だが、大事な客が入ったというので、後ろの席に移らせた。女はそういうことには慣れているので、別段、文句は言わなかった。

「とんでもねえ。じっくりお楽しみくだせえ」

楽屋には、ほかにもいろんな人間が出入りする。贔屓筋が挨拶にもくれば、出入りの業者が新しい品物を見せにもやってくる。いちいち咎《とが》めだてなどできるものではない。

それだと、熱狂的な客までまぎれこんでもよさそうだが、そういった連中はひと目でわかる雰囲気を発散させているため、すぐに裏方や若手の役者に見つかって、追いだされてしまうのだった。

そんなごった返すなか、

「よう、玉ちゃん。今日はうちの芝居を描いてくれるのかい」

「玉ちゃん。おれを描いてくれよ」

と、みんなに親しく声をかけられる男がいた。

誰かに呼ばれたわけではない。だがこの男を、以前はともかく、いまは追いだす者はいない。瓦版屋《かわらばん》の玉六《たまろく》である。

瓦版屋と言っても、玉六は文は書かない。絵だけを描く。その絵には特徴がある。舞台の一場面を寸分たがわず、描いてしまう。

それも見ながら描くわけではない。ここぞという場面が、そっくり頭の中に刻みこまれる。それを、紙に写すだけらしい。

だから、玉六の絵は読者にはすごい人気があったが、あまり仕事熱心ではなく、雇い主が頼むほどには絵も仕上がらないらしかった。

しかも、こうした天才的な特技を持っているわりには、性格がぼんやりしている。つまり、抜けていた。描いた絵をどこに置いたかわからなくなる。

だが、とぼけた人柄は誰にも愛され、楽屋でも人気者になっていた。

その玉六も、楽屋や通路のあちこちをうろうろしている。まだ、ここぞという場面が決まらないでいるらしかった。

芝居はどんどん進んでいく。客も役者も裏方の人たちも、この異様な空間に慣れ、ふだんの毎日を忘れ、ありうるはずもないような芝居の筋立ての中で流されていく。なにが起きても不思議ではなくなる。

六段目で、清七が扮《ふん》している白波のはにわ小僧が命を落とした。途中で姿を消すが、中盤はむしろ主役のようないい役である。

この役のおかげで、清七の人気も急上昇したのだ。

日本左右衛門はあと一歩のところで、ペルリ提督を逃がしてしまった。これが六段目の終わり。そこでいったん幕が下りた。

「よおし、次だ」

雪四郎はつぶやき、花道の下を舞台とは反対のほうに走った。このあたりは暗い。よほど暗いのに慣れていないと、縦横にめぐらされた土台などに顔や頭をぶつける。

そのなかで、雪四郎は清七を捜した。どこにいるのか。まさか、いざとなって逃げたりはしていないか。向こうの隅に、ちらりと見えた。日本左右衛門になっている。雪四郎と同じだ。日本左右衛門は、次の幕は意外なところから登場するのだ。

「頼むぜ」

雪四郎は胸のうちで声をかけた。その気持ちが届いたのか、日本左右衛門の清七が、軽くこちらに手をあげたように見えた。

雪四郎は、すばやく座元の部屋に駆けこんだ。

「やっ、なんだ、雪四郎。なんの用だ」

のんびり足を伸ばしていた座元の錦二郎は、身体こそそのままだったが、ぎょっとしたような顔をした。

「座元。用意はいいんでしょうね」

　座元も舞台に出るはずだった。黒船の砲手である。最後に出てくるチョイ役だが、そのまま終わりの挨拶につなげられるので都合がよかった。

「あれ、まだ化粧してねえんですか？」

「あんなもの、ちょいちょいだ」

「それより、座元は舞台にはもう出ねえほうがいいんじゃねえですかい？」

「なんだ、てめえにそんな心配はされたくねえ。それより、てめえこそ、もう七段目がはじまるのに、なにしてやがんでえ」

　そうなのだ。日本左右衛門はすでに天井裏に待機していなければならない。

　だが、雪四郎はにたりと笑って、日本左右衛門の差していた刀を抜いた。大きく反《そ》った長刀である。

「おめえをあの世に送りにきたのさ」

「あっ、なにを」

　逃げようとした座元の背中から、刀をぐさっと刺しこみ、首に手をまわして抱きかかえた……。

二

事件の起こる前日のこと――。

通し狂言『黒船神風縁起』の人気にはすごいものがあった。江戸中の話題を独占していると言ってもいいだろう。なにせ、ふだんは芝居の話題などまったく出ない亀無家の食卓にさえ、この話が出たほどだった。

「あれを観なかった日には、あたしゃ、あの世で亭主への土産《みやげ》話に事欠くと思いましてね。なんとしても行かしていただきました」

と言ったのは、婆やのおたけである。

おたけはつい二日ほど前、親戚に誘われて、この噂の芝居を観てきた。木挽町は近いので、幕間にちょっと戻ってくることもできたくらいで、剣之介もおみちも、とくに迷惑は被《こうむ》らなかった。

観てきたおたけが、昨日の食卓ではあまり話をしなかった。なんでも、

「人さまに話してしまうと、あの芝居の思い出が薄れるような気がする」

というのだ。鮮明な思い出を、あの世の亭主に届けたいらしかった。

だが、今日になると、昨日の誓いはどこへやらで、とても言わずにはいられなくなったらしい。朝から、

「あの、雪四郎さまの、お姿の美しいことといったら」

雪四郎さまときた。

「いいですか、旦那さま。雪四郎さまが黒船の上に乗って、こうこっちを向くんでございますよ。こう、あたしのほうをですよ」

その目つきをやってみせる。自分の歳はすっかり忘れているらしい。

「雪四郎が、大凧《おおだこ》で空を飛ぶんだって」

と、おみちが言った。

「どうして知ってるんだ」

「誰かがそう言ってた」

八丁堀の子どもにも観てきた者が何人かいるらしい。

「あたしも見たい」

「そりゃあ、弱ったな」

「婆やが、絵を描きながら、語ってあげますから」

そんな話にもなった。それが、朝のことである。

夜になって、報告することがあったので松田家を訪ねた。ひととおり、解決した盗みのことを説明したあと、

「ちと、頼みがあってな」と、松田が言った。

「なにか」

「志保を芝居にでも連れていってくれぬか」

あれ以来、志保はずっと松田家にいる。いなくなれば、剣之介にはわかる。腰巻がなくなるからだ。だが、ずっとある。このところ、つい松田家の洗濯物をのぞいてしまうのが、自分でも情けなかった。

離縁したのかどうかはわからない。だが、元気がないのはたしかである。おみちも志保が戻ったばかりのころは、毎日でも遊びたがったが、近頃はしょんぼりしているのを見たりするからか、遊ぶことをせがんだりはしなくなった。子どもながらに、なんらかの事情を薄々感じるらしい。

その志保が、ちょうどお茶の葉を換えにきた。

「亀無は行ってくれるそうだ」

まだなにも返事をしていないのに、松田は言った。もっとも、剣之介にしても断る気は毛頭《もうとう》ない。

「まあ、ありがとうございます」

志保の顔がほころんだ。剣之介が断るとでも思っていたのだろうか。

「それで、なにを観にいきましょう」

「兄が手配済みです。村田座の『黒船神風縁起』というお芝居です。よろしければ、おみっちゃんもどうぞ」

「それはすごい」

飛ぶように家に戻って、おみちに告げた。

次の日――。

剣之介は茂三を奉行所にやって、今日は市中探索に向かうと告げさせた。なにせ与力の命《めい》だから致し方ない。

村田座があるのは、木挽町の四丁目である。夜が明け、飯を家で済ましてからでも、充分、開幕に間に合う。

「そろそろ、いきますか」

迎えにいくと、志保はもう、玄関口で待っていた。

「行きましょう、行きましょう」

三人ともそれぞれ着飾っている。亀無も今日ばかりは、おなじみの八丁堀の格好ではない。袴もきちんとつけた。

志保は顔が輝いている。大高は、志保がこうした楽しみを持つのを禁じたのだろうか。真面目すぎるというのとは違うかもしれない。

「芝居はひさしぶりですか？」

「十三年ぶりですよ」

ということは、嫁に入ってからはずっと芝居は見ていなかったことになる。

剣之介は、それほど芝居などに興味がないが、もしも亡くなった妻が芝居や軽業《かるわざ》を見たがったとしても、すんなりと許しただろう。もちろん、家計が火の車になるようでは困るが、楽しみを持つのはいいことだ。

「あの人は、あたしが家を空けるのを嫌ったので」

「そうですか」

「あたしは、いい妻にはなれない女なんです」

「そんなことは」

「変わっているから、変わった人でないと」

この前、剣之介は、変わっていると言われなかったか。

木挽町は三十間堀の東岸に沿ってのびる町である。八丁堀にも近いが、ここらは武士の町とはまったく違う雰囲気が漂《ただよ》う。柳の並木は八丁堀にもあるのに、こっちの柳はなんとなく細身で色気がある。水茶屋も多く、戸外は寒い季節なのに、わざわざ外で茶を飲んでいる。そういう酔狂な人間は、武士の町にはいない。

村田座が現われた。朝から活気がみなぎっている。

着飾った女が次々に飲みこまれていく。駆けだしの役者が、目立つためだろう、不必要に大きな声で案内をしていた。

「はぁい。変わった髪の旦那と、美人の奥さま、かわいいお嬢さま、〈と〉の七番にご案内」

そんなことを言われ、剣之介はそっと、髪を押さえた。

花道の脇のいい席である。さすがに奉行所の与力だけあって、こんなに大入りの芝居でも、いい席を取れてしまう。

しばらくは、茶を飲んだり、飴をなめたりしていたが、

「さあ、そろそろはじまるぞ」

剣之介はおみちに囁《ささや》いた。

話は、ペルリ提督が下田の町に上陸するところからはじまる。

舞台は、黒船の船上になっている。

艀《はしけ》に乗って上陸しようとするペルリの前に、襲撃隊が出現した。

だが、隊はあえなく全滅してしまう。

早くも絶望的な状態となるが、黒船の内部から謎の人影が現われた。これぞ、日本左右衛門で、正体を知っている観客はやんやの拍手を送る。

日本左右衛門は、ペルリ提督を追って、ひさしぶりに江戸へと上陸していく。

「懐かしのお江戸じゃ。懐かしのお江戸。村田座もこんなに立派になって」

と、幕切れの雪四郎の捨《す》て台詞《ぜりふ》（即興の台詞）に、客席はどっと湧いた。

ここからは、ペルリ提督が大店《おおだな》の隠居に化けて、越後屋らしい呉服屋に乗りこんできたり、日本左右衛門が昔の白波仲間を集合させたり、お城に潜入したペルリ提督と日本左右衛門と、お城を守る伊賀者たちとのあいだで、三つ巴《どもえ》の乱戦がおこなわれたりする。

このあいだに、まわり舞台から大道具、巨大な人形などが次々に繰りだされ、観客たちを飽きさせない。話の筋などよくつかめないはずのおみちですら、目を輝かせて舞台にのめりこんでいた。

四段目と五段目のあいだに長い休憩が入り、ここで弁当を食うことにした。弁当は、すでに近くの料理屋に頼んでおいたものが運ばれてくる。

「勿体《もったい》ない」

志保は弁当をつくると言ったが、たまには料理のことなど考えずに、おおいに羽根をのばすべきだろう。

その弁当は、まるで舞台が食い物になって重箱におさまったように、色あざやかなものだった。

「まあ、きれい」

おみちが目を丸くした。

「目がくらくらするな」

剣之介も嬉しくなって、ついつい箸を出した。

「桜川雪四郎は、人気が出るはずです。いい役者ですもの」

「そうなのかい」

「あの、身体のきれ。軽業師だって、あそこまで動ける人は多くないですよ」

志保もまた、雪四郎さまにぞっこんの口らしい。

休憩のあと、五段目、六段目と話が盛りあがり、いよいよ山場の七段目に差しかかった。幕が開くやいなや、

「うぉーっ」

と客席が湧いた。舞台に大道具の黒船が現われた。真っ黒く、しかも重量感にあふれた黒船である。一段目のときは、甲板の上という設定だったので、それほど大掛かりな大道具を使ったわけではなかった。だが、今度は船体の前部が真横から見るようになっている。このため船そのもののように見えた。しかも、大きく揺らぐので、本当に波に揺さぶられているようなのだ。

客は度肝《どぎも》を抜かれた。まさか、舞台の上に船が出てくるとは思っていなかった。

その上に、江戸を脱出したペルリ提督たちが乗っている。

ペルリたちは、さんざんに日本の悪口を言っている。

「日本人はちっちぇえなあ」

「鼻もぺちゃんこだなあ」

「兎小屋みてえな家に住んでるなあ」

客席もこれにはむっとして、

「なんだと、ふざけやがって」

と憤慨する者もいたりした。

そのとき、頭上から声が落ちてきた。特徴のある雪四郎の声である。

「待ちやがれぃ。てめえたちのふざけたふるまいは、日本左右衛門が許さねえぜ！」

なんと、雪四郎扮《ふん》する日本左右衛門は大凧に乗って、芝居小屋の天井近くにいたのである。凧の下あたりからは、白い煙があがっている。そのため、凧はまるで雲がかかった大空をさまよっているようである。

しかも、日本左右衛門は、なにやら樽を手に持っていた。その樽を振ると、なにか液体のようなものが下の海へとまかれた。

そうしておいて、

「逃がすものか」

そう叫んで、日本左右衛門は飛んだ。もちろん、本当に飛べば大怪我をするが、縄で吊るされている。いわゆる宙乗りである。

空中で八方を踏みながら、ゆっくりと降りてくるその動きの華麗なこと。

下からは、やんやの喝采である。

すると、宙の中ほどで、日本左右衛門は懐から火種を取りだし、これを松明《たいまつ》に点火させて燃えあがらせた。

「これを油の海へ」

さっきの液体は油だったのだ。

その油の海に松明が放り投げられたとき、青くうねっていた波が突然、炎の海へと変わる。

「うわっ」

観客は思わず声をあげた。

もちろん、これは布製の青い波が、すばやく赤い布の波に変えられただけなのだが、その見事な演出が、客を仰天させた。

「すごい。さすがに、いまをときめく村田座ね」

志保が膝を叩いて感心した。そのときである。

花道に、

「ぎゃっ」

という悲鳴が響き渡った。

客はいっせいに花道のほうを見た。

黒と赤で奇妙な隈取《くまどり》をした役者が、凄《すさ》まじい形相《ぎょうそう》で花道を走りこんでくると、舞台間近のあたりで、

「や、やられた。た、高三郎に……」

と叫び、ばったり倒れたのだった。

これはどんな話なのか。高三郎などという登場人物がいただろうか。

客たちも真剣に成りゆきを見つめる。

ところが、舞台の役者たちの反応が奇妙だった。芝居をやめ、唖然《あぜん》として倒れた男を見ている。

雪四郎の日本左右衛門が、宙乗りの途中で波の上に飛び降りた。すでに一間ほどのところまで降りていたので、雪四郎くらい身軽ならばなんでもない。

だが、少しよろめいた。

「おや」

と、志保が首をかしげた。

雪四郎は叫んだ。

「いっぺん幕を下ろせ！　明かりを落とせ！」

次々と明かりが消えていった。場内は真っ暗闇になった。

すでに冬の早い闇が降りてきていて、外の明かりも入らない。

「なんだよ、なんだよ」

「なにがあったんだよ」

客席はざわつきだしたが、危なくて動きようもない。

楽屋では誰かが、客を落ち着かせようとするためか、どろどろという太鼓を叩きだしていたが、それはむしろ、恐怖の感情をかきたてるばかりだった。

三

ふたたび明るくなるまで、どれくらいかかっただろうか。

長かったようでも、実際にはほんの少しのあいだだったに違いない。

明かりが差したとき、舞台の上にはまだ、雪四郎の日本左右衛門と、さきほど花道を駆けてきた何者かがいた。

日本左右衛門が抱きかかえた男は、ぴくりとも動かない。濃い隈取で、表情はよくわからないが、息絶えてしまったように見えた。

「座元、どうなすった。しっかりしなせえ」

雪四郎が言った。倒れているのは、村田座の座元らしい。その背中には大きな刀が刺さっている。

「なんだ、これは」

引き抜いて、刃を明かりにかざした。血が垂れている。

「ひぇっ、本物だ」

ほかの役者や裏方も駆け寄ってきた。

「座元、どうしなすった？」

どうやら、芝居の中の出来事ではなく、なにか大変なことが起きたらしい。

花道の向こうで、誰かが怒鳴りはじめた。

「落ち着け、落ち着け。こちとら御用の筋のモンだぜ」

十手《じって》を高々とかざしている。見覚えがあった。このあたりでいい顔の岡っ引き、留助だった。興奮して、それでなくとも脂ぎった顔をてらてらさせている。

つられたように、亀無も立ちあがった。

「死人を動かすな。いろいろ調べなくちゃならねえ」

「おいおい、そこらのおやじは黙ってな」

隣の枡《ます》にいた客が、からかうように言った。

「おいらも八丁堀だよ」

「え、旦那が？」

剣之介の頭を見て首をかしげた。

留助が花道の向こう側から、舞台の上に飛び乗った。

「芝居はおしめえだ。おめえたちも、名前と連絡の取れるところを書いたところで帰ってもらうぜ。おっと、雪四郎さんよ。むやみに死人にさわったりしちゃあ困るよ」

「ええ。でも、親分、お客さまにむごたらしいものを見せるのは、舞台に生きるものとしては耐えられねえんで」

と言いながら、すでに遺体には着物がかけられている。

「ねえ、あの人、死んじゃったの？」

おみちが志保に訊いた。

「ううん。たぶん、お芝居じゃないかな」

志保はさりげなく、おみちの目をおおった。

「もう、出ようか」

剣之介は志保とおみちの背中を、出入り口のほうに向けて押した。

「おい、待ちな。そこの三人づれ」

上から留助が偉そうな声を投げかけてきた。

「すまんな、留助」

本当に申しわけなさそうに剣之介はあやまる。

「あ、これは亀無の旦那」

「子どもには、あんまり酷《ひど》いものを見せたくねえんでな」

　志保とおみちは先に帰すことにした。

　志保たちを追うように、客は場内から外に出されていく。ただし、身元を告げていかなければならないので、どうしても時間がかかった。そのあいだに、座の若い者の報《しら》せを受けて、留助の子分の下っ引きたちや、奉行所からも定町廻り同心の馬場《ばば》勇太郎《ゆうたろう》が駆けつけてきた。

「あれ、亀無。なぜ、ここに」

「ええ。市中見まわりのついでに……」

　あとはもごもごと言葉を濁した。

　そこへ、桜川雪四郎らとひそひそ話をしていた岡っ引きの留助が、自信たっぷりの様子でやってきて、

「馬場さま、亀無さま。怪しい野郎はわかってるんで」と言った。

「誰だ、それは」と馬場が訊いた。

「梅川高三郎ってえ、若手の役者で、つねづねここの座元を殺すだのなんのって

騒いでいたんで」

留助は舞台とは反対側にある楽屋へと向かい、馬場と剣之介はあとに続いた。

高三郎は、小部屋で眠りこけていた。大口を開けた寝顔が間抜けていて、とても役者には見えない。

酒も飲んだらしく、息がくさい。

足元には血がべったりついた座布団と、脇には刀の鞘が落ちている。

「てめえ、起きやがれ」

留助が蹴った。

「なんだよ」

「おい、この血のついた座布団はどうした？　そこにある刀の鞘はなんだ？」

「座布団だぁ？　鞘たぁなんだ？」

まだ、寝ぼけた声である。

「舞台の上の刀を持ってきてくれ」

馬場が留助の下っ引きに命じた。

血がべっとりついた抜き身の刀が届くと、ここにあった鞘におさめてみる。血がついているので、抵抗はあるが、大きな反身《そりみ》のある刃がちゃんとおさまった。

「おい、てめえが殺《や》ったな」

馬場が怒鳴った。

「なんのことだ」

どんよりした目で、座布団についた血を指でぬぐった。

「血だ……」

「とぼけるんじゃねえ」

留助も脇から大声をあげた。留助は「高三郎にやられた」と言った最後の言葉をちゃんと聞いていた。もちろん、剣之介も聞いている。

それでも、なにか変な感じがする。どこかで、芝居のからくりを見ているような気がしてしまう。

「馬場さん、早まらねえほうが」

剣之介が止めるそばから、留助がすばやく高三郎をふん縛ってしまった。

高三郎は直接、奉行所まで引っ張られていった。だが、納得いかない剣之介は、馬場を説得して、もう一度、遺体の検分をすることにした。

すごい死に顔である。

赤と黒で塗られた隈取だが、左右は対象ではない。右半分は黒が多く、左半分は赤のほうが多い。どういう意図かよくわからないが、メリケンの邪悪な兵士を表現したものらしい。だが、急いで描かれたらしく、頬のあたりでは筆が滑ったように線が乱れていた。

「おや」

右手でなにか握っている。無理にこじ開けた。

「馬場さん、これは」

小さな紙切れだった。

「紙切れだな。なんだろう、亀無」

「色のついた紙だが、千切《ちぎ》れたのですな。自分で千切ったのなら、こんなふうにはならないから、誰かが千切ったのでは？」

「なんのために？」

「さて。ただ、座元が握ったとしたら、死ぬ前にいた楽屋ででしかありえないはず。行ってみましょう」

座元の楽屋にきた。ここは花道を抜けて、右に曲がるとすぐのところにあった。客席からも、出入り口からもわからないところである。部屋の中はそれほど散らかってはいない。ここで刺されたのか。それとも梅川高三郎がいた小部屋のほうで刺されたのか。

留助は、高三郎をしょっ引くときに、

「清七という役者があの小部屋の前を通ると、座元の声がしたと言ってました」

そう告げていった。

だとしたら、ここではなく、隣の小部屋で刺されたことになる。実際、刀の鞘は小部屋に落ちていたのだ。

「紙だらけだな」

馬場は棚のあたりを見まわして言った。大道具の設計書やら台本の一部やら役者絵やら、なるほど紙だらけである。その下のほうに、役者絵の束があった。

「今度の芝居のやつですね」

と言いながら、剣之介は束をめくった。日本左右衛門とともに戦った江戸の三人の白波たち。ペルリ提督。八千代城の城代家老。忍者たちなど……。

「日本左右衛門がないな、亀無」

「ないですな。おい、誰かいねえか。これと同じ絵師が描いた雪四郎の役者絵を誰か持っていねえか調べてきてくれ」

それはすぐに見つかった。

千切られた紙を重ねてみる。日本左右衛門の着物の左下の部分と、ぴたりと重なりあった。

「間違いない、雪四郎の役者絵ですよ、馬場さん」

「ああ。すると、座元は刺されそうになったとき、ぱっと雪四郎の役者絵をつかみ、殺そうとしている男を教えたってわけか？」

「ううむ」

剣之介は唸った。咄嗟《とっさ》にそんなことができるのか。だが、座元が飛びだしてきたときは、役者絵なんぞつかんではいなかったはずだ。

しかも、雪四郎はあのとき舞台の上にいて、とてもじゃないが楽屋で座元を刺すなんてことはできないはずだった……。


夜になって、剣之介は北町奉行所の中にある牢屋に、梅川高三郎を訪ねた。

ここはいつ来ても嫌なところで、背筋がぞくぞくする。処刑場ではないが、厳しい拷問にあって、このあたりで死んだ者も少なくない。怨念が染みついているに違いない。

怪しいヤツはまず、近くの番屋で取り調べたりするが、騒ぎが大きくなりそうな事件なので、直接、奉行所の牢屋に入れた。

だが、まだ与力や同心の調べはおこなっていない。剣之介が松田重蔵に、もう少し待ってくれるよう頼んだのだ。ああいうだらしのない男は、ちょっと脅されたりすると、やってもいない犯行を自白してしまうことがたまにあるのだ。

「おい、高三郎。ちっと訊きてえことがあるんだ」

檻の外から声をかけた。

「なんでしょうか」

声が怯《おび》えきっている。

「おめえはずっと、あの小部屋にいたんだな」

「へえ。あそこでうまい酒をかっくらっているうち、眠くなっちめえまして」

「孤かぶりは開けたばかりか」

「へえ。開けていいって言われたもんで」

「どれくらい飲んだ？」

「せいぜい茶碗に三杯ほど」

それはさっき調べてきた量と一致した。高三郎はつまらない嘘をつくつもりはないらしい。

ここに来る前、小部屋もしっかり調べてきた。血は座布団のほかについていなかった。しかも、よくよく眺めるうちに、

――高三郎が下手人のわけがねえや。

と気がついた。部屋は狭すぎて、逃げようとした男を、後ろから刺すなんてことはできるはずがなかった。

加えて、この男は座元に比べると、背が五寸近く低い。あの位置に刀を突き刺すには、胸の前に刀を突きだすというおかしな姿勢をとらなければならない。

「座元が殺されたって聞いて、おめえ、なんか思ったことはあるかい？」

「へえ。あっしはなんか、下手人にされるために、呼びだされた気がするんですよ」

「どういうことだ？」

「雪四郎兄さんと親しい清七ってのが、あっしを座元に取り持ってやるからと呼びだしたんですが、座元はまったくその気がなさそうでした」

「ほう」

「座元に気がないのに、わざわざ呼びだしますかね。しかも、楽屋にいく前に、

ほかの役者に聞いたんですが、雪四郎兄さんは、昨夜、座元と大喧嘩したそうじゃねえですか。なんでも、座元のかみさんとできちゃったらしい」

「そうだったのか」

まだ、周辺の話はそれほど聞きこんでいない。この話は初めてだった。

「座元のかみさんは、あの日、小屋にいたかな」

「さあて、あっしは見てませんでした」

そう言って、高三郎はぶるぶると激しく震えだしていた。

四

芝居の最中に人殺しが起きるなどという変な出来事を見せてしまったので、近くの天神社に志保とおみちを連れてお払いにやってきた。

境内《けいだい》の木々の葉はほとんどが枯れて落ち、その枯葉を集めて焚き火がなされている。どうもその中に薩摩《さつま》芋《いも》を入れたらしく、お払いのあいだ、うまそうな匂いが漂ってきていた。

「まったく、とんだものを見せてしまって」

神主のお払いが終わってからも、剣之介はまた頭を下げた。

「あら、剣之介さんにはなんの責任もないでしょう。だいいち、あの芝居の切符を手に入れていたのは兄ですし」

「いや、でも、ああした運まわりになるというのは、ついていないおいらの運がうつったのかもしれねえよ」

「とんでもない。あのね、正直な気持ちを言いましょうか」

「え……」

「楽しかったな。芝居も楽しかったけど、突然、あんな人殺しが起きたりして。あんなに楽しかったのは、生まれてはじめてかもしれない。怖くなんて、ぜんぜん。兄や剣之介さんが羨ましい。あんなに面白いことと出くわす仕事をしているなんて」

「ほう。やっぱり兄妹だな。志保さんと重蔵さまは、そっくりだ」

「あら、そうかしら。あんなトンチンカンな兄と似てるなんて、嫌だわ」

そう言いながらも、志保はにこやかである。兄のことが好きなのは、ふだんの表情からもわかっていた。

「それに、面白いなんて言っていられない。下手人をあげなくちゃならないのに、事件はこんがらかってしまっているんですよ」

「どんなふうに？」

「岡っ引きの留助は、昨日、座元の隣の部屋で寝込んでいた梅川高三郎という役者を縛りあげてしまいました」

「そんなに早く……」

「だが、死んだ座元の柳川錦二郎は、死に際《ぎわ》に雪四郎の役者絵をつかんでいた。まるで、自分を殺したのは、雪四郎だというように」

「まあ、面白い」

「ところが、志保さんも観ていたように、座元が殺されたとき、雪四郎は天井の大凧に乗っていた。それは、あれだけの観客が全員、見ている。つまり、雪四郎に座元を殺せるわけがねえ」

「ということになりますね。でも」

「でも、どうしたのです？」

「剣之介さんは、疑っている。それは、下手人の思惑のほうで、本当のことは別にあるって」

「まいったな」

剣之介はぽしゃぽしゃになった髷を押さえた。

「大凧の上に雪四郎がいるとき、下から煙が焚かれたでしょ」

「ああ、そういえば……。雲に見立てたんだろうなあ」

「でも、あの煙のおかげで、雪四郎の顔もぼやけたでしょ」

「言われてみると、たしかにそうだな。でも、志保さん。雪四郎の声はしていたぞ。あいつの声は特徴があるからごまかせない」

「それは付け声でごまかせるのよ」

「付け声？」

「吹替えに演技をさせておき、台詞を別なところで言うの。舞台というのは、音が反響するから、声の出どころはわかりにくくなるの」

「そんな手もあるのか」

剣之介は考えこんだ。

おみちは枯れ木の下で、どんぐりを拾っている。志保がそのおみちのほうに歩きかけ、ふと振り向いて、

「あたしも謎を解き明かしてみたいなあ」

明るい声で言った。

それから数日後である。

座元柳川錦二郎殺しの一部始終を確かめるため、当日の芝居を再現させ、そこでいっきに事件を解決しようという試みがおこなわれた。

恐る恐る提案したのは亀無剣之介だったが、与力の松田重蔵は軽薄すぎるくらいのふたつ返事で、これを了承したのである。

あの日とできるだけ同じにするため、客もちゃんと入れることにした。思わぬ出来事で最後まで観ることができなかった観客たちは、また新しい趣向の芝居でも観られるかのように、浮き浮きしながら集まってきた。

客のなかには志保もいた。子どものおみちだけは、殺しがどうしたという話を聞かせたくないので、留守番させた。

客ばかりではない。あの日、いたはずの大事な人間もかきあつめた。梅川高三郎も牢から出して、楽屋に入れておいた。

いないのは、死んだ柳川錦二郎だけだった。女房のおとよも連れてきた。おとよは、錦二郎の死後、江戸から出ていこうとしていたのを、剣之介に言われた岡っ引きの留助が急いで身柄を確保していた。

剣之介は、今度の殺しはひとりでできることではないと思っている。首謀者を中心に、何人かは手伝っているはずだ。だが、いくら仲間がいても、おおっぴらにやれたわけではない。当日の、役者や裏方の動きも確かめながら、全体をつぶさに観察するつもりだった。

松田重蔵も来て、舞台の上にあがった。

「いまから、柳川錦二郎殺しの顚末《てんまつ》を確かめる。見物の客たちは、調べの邪魔をせぬよう、神妙に成りゆきを見守ってくれ」

いい男の登場に、娘たちはきゃあきゃあ言いはじめる。

「雪四郎よりいい男」

「松田与力さまぁ」

だが、松田重蔵はそんなことは言われ慣れているらしく、そ知らぬ顔である。それがまた、娘たちにはたまらないらしい。

演じられるのは、七段目の最初だけである。

「その前に、観られずに終わった七段目の後半をやってもらえないか」

という客からの要望もあったが、それは同心の馬場の、

「たいがいにしろ」

のひとことでオジャンになった。

天井から、大凧に乗った日本左右衛門が現われた。あの日と同じように、下から煙が湧きあがってくる。よく見れば、天井付近は暗く、そこを煙が流れるため、日本左右衛門の顔はなんだかはっきりしない。

そうして、座元が叫びながら、花道に走りこんできた。扮しているのは役者ではなく、奉行所の若い見習い同心である。すべての動きを確かめるためには、この役者を使うわけにはいかなかった。

「や、やられた。た、高三郎に！」

そう言って、ばったり倒れた。

そのときである。花道の下にいた松田重蔵が、大声をあげながら、舞台の上へと駆けあがった。

「わかったぜ。おいらには、すべてお見通しだ」

この言葉に、剣之介は思わず、こめかみに手をあてた。

だが、客たちは大喜びである。

「ようよう、北町の名与力！」

「座元が背中に刀を突きたてられて花道を走りこんできた。だが、このとき座元は刀なんて突きたてられちゃいなかったのさ」

「えーっ」

客たちは唖然《あぜん》とし、天井近くでは、

「ははは」

と、雪四郎の笑う声もした。

「あれは芝居だったのさ。あの日、雪四郎は急に芝居の台本を変えた。いや、座元にだけ、変えたふりをしたのさ。座元が突然、背中に刀を突きたてられたまま、花道を走ってきて、客を驚かすとな」

「なんのために?」

剣之介が、花道の下から訊いた。

「そんなことは知らねえ。だいいち、その先、どうなるなんて必要ねえんだ。そのあと、すぐに座元は死ぬんだから。つまり、座元が駆けこんできたとき、雪四郎はそこで芝居を止め、場内を真っ暗にさせた。その隙に、雪四郎は今度こそ本当に、座元の背中を刺したってわけさ」

「うぉーっ」

観客がどよめき、松田重蔵は舞台の上で見得《みえ》を切るように、首をぐいっとまわした。

「すなわち、この殺しは桜川雪四郎、おめえのひとり芝居だったってわけさ」

「それは変」

と、きれいな女の声がした。志保が剣之介の隣で立ちあがった。

「お兄さま、その考えはちょっと面白いけど、無理」

「なにがだ」

「座元は雪四郎の役者絵をつかんでいたんでしょ。それをどこでつかむの」

志保がそう言ったので、剣之介は内心、しまったと思った。奉行所がつかんだ大事な秘密を、役人でもない志保に話してしまっている。

だが、そんなことは誰も気にせず、このやりとりを面白そうに眺めている。

「ううう」

松田重蔵は苦虫を嚙みつぶした顔で、天井を仰いだ。その表情もまた、役者のようである。

「それに、雪四郎は戯作者の才能もある人でしょ。そういう人なら、途中、座元が死んで終わってしまうような筋書きは書かないのではないでしょうか。戯作者というのは、話の続きを書きたい、読ませたいという欲望にとらわれた人たちなのよ」

「ほう」

と、天井から感心したような声がした。雪四郎である。

「では、どうやって殺したんでぇ」

松田重蔵が、妹の志保に訊いた。

「それは、たぶん、付け声は使ったんだろうけど……」

志保もそれ以上はわからなかったらしい。

「あのう……」

場違いな、自信なさげな声がした。剣之介がカビが生えたような頭に手をやりながら、舞台の上にあがった。

「よう、ちぢれすっぽん」

誰かが剣之介の綽名《あだな》を呼んだ。客席の方々から、くすくすと笑い声が洩れた。

「あのとき、駆けこんできた座元が生きていたというのは、本当だと思います。だが、それは本物の柳川錦二郎じゃなかった。じつは、座元に化けていたのは、桜川雪四郎だったんですよ」

剣之介がそう言うと、上から笑い声が落ちてきた。

「はっはっは。こいつはおかしいぜ。へえ、おいらがかい。じゃあ、おいらはあんとき、ふたりに分かれたんだ。こう、大福をふたつに割るみてえに」

客はどっと笑った。

「そうじゃねえよ。上にいた日本左右衛門が偽者だった。たぶん、あんたと親しいおとうと弟子の竹川清七が扮したんだろ。ほら、はにわ小僧をやった竹川清七は、いま、どこにもいねえだろ」

と周囲を見まわした。

実際の竹川清七は、花道の出口の脇にいたが、そう言われて思わず身をすくめた。

「すっぽんの旦那。じゃあ、清七はおいらの声色を真似してたのかい。おいらの声は難しいらしいぜ」と雪四郎が訊いた。

「そう。難しいね。だから、さっき、この女の人が言ったように付け声をしたのさ」

剣之介がそう言うと、志保は照れて肩をすくめた。

「付け声なんて知ってるとは、すっぽん同心さまも仕事をせずに芝居見物ばかりやってるんじゃねえですかい」

「よけいなことを言うんじゃねえ……あんたが殺《や》ったのは、わかってるのさ」

「おいらが⁉　面白え旦那だ。次の演目の台本は、この八丁堀の旦那に書いてもらおうかねえ」

その言葉に拍手する客までいた。

「まあ、聞きな。あんたは、最初はこっちの裏手から付け声を飛ばした。日本左右衛門が許さねえうんぬんの、あそこの台詞のところさ。そのあと、座元に化けて花道に飛びこんだときは、死んだふりをしながら、明かりを消せだのと叫んだのさ」

「あっ。だから、あのとき変だと思ったのね」

志保がそう言うと、

「なにがだ、志保」

と、松田重蔵が訊いた。

「途中から日本左右衛門が飛び降りたでしょ。あのとき、よろめいたの。それまでの雪四郎の動きからしたら、あれくらいの高さでよろめくわけがないもの」

「それはよく見ていたな」

実の兄が、妹の見る目に感心した。

志保がうなずいたのを見て、剣之介は続けた。

「そのあとは、忙しかっただろうな。明かりが消えると、偽《にせ》の日本左右衛門と、座元に化けていた雪四郎とが早替わりだ。ここがいちばんの難関だったと思うぜ。しかも、すでに殺していた座元をここまで引っ張りだし、助けたおとうと弟子は、もとの楽屋へと消え、あとになって何食わぬ顔で出てきたってわけさ」

「へえ。てえしたもんだと褒めてやりてえが、なにか証拠はあるんだろうな。いま言ったことを、おいらがやったという証拠は」

雪四郎が怒った声で訊いた。

客席は静まり返った。

「あるんだな、それが。残してしまったんだ。意外な証拠を」

「なんだい、それは」

「雪四郎さんは、座元の化粧を覚えているかい。あれは、黒と赤のちっと変わった隈取だった。しかも、右と左で違っていた。あんたは、座元を殺すとすぐに、自分の顔と、化粧をしていなかった座元の顔に、急いでその隈取を描いたんだ。そのときの筆が残っていた。座元は鏡に向かって隈取を描いてはいなかった。誰かが、逆から筆を使ったのさ」

「へっ、そんなことかい。なんだか心もとない証拠だねえ」

「しかも、そこで大変な失敗をした。あんたは、死んだ座元と向きあって、隈取を描いた。それは、ちょうど鏡に向かって描くようなものだ。鏡の中の自分に描くようなつもりで、本物に隈取を描くとどうなると思う？」

「………」

雪四郎が息を飲んだ気配があった。

「わかったかい。逆になるんだよ」

「すごいところに目をつけたもんだ、すっぽん同心さんよ。あんた、見かけよりも切れるのかもしれねえなあ。日本一の役者の大芝居を、そのしょぼしょぼした頭で解き明かそうという心意気だけは褒めてやるよ。だが、聞くけどよ、その逆に描いたという座元の顔を見せてくれよ。え？　お客さんたちは覚えているのかい？　座元の死体の隈取が、左右逆になっていたというのを？」

雪四郎の問いかけに、客たちは皆、首を横に振った。不安げな顔も現われた。それは、この同心は本当に、下手人を追いつめることができるのかという不安のようだった。

志保もまた、不安げだった。いや、不安というよりは怪訝《けげん》そうだった。

逆だったかしら。逆ではなかったような気がする。でも、それを言ったら、剣之介さんの考えが、全部、間違いになってしまう。志保はそう思っていた。

どうしよう……。

志保の思いをよそに、剣之介はあいかわらずのんびりした声で言った。

「ところが、あの日、面白い人が楽屋に来ていたんだ。気がつかなかったかな。そんなわけはねえか。特徴のある人だもの。舞台を描けば日本一。しかも、実際の舞台と寸分たがわぬ絵を描いてしまう」

「あっ」

雪四郎は声をあげた。それから、雪四郎はそろそろ下におろしてくれないかと頼んだ。ずっと大凧にぶらさがって、腕が痛くなってきたらしい。

剣之介がそれを許すと、雪四郎は大凧が二間あまりのところまで降りたとき、ぽんと花道に飛び降りた。今度は少しも揺らいだりしなかった。

剣之介は、花道の雪四郎に向かって、

「そうなんだよ。あの日、運のいいことに瓦版屋の玉六が客席にいた。今日も来てもらっているがね。玉六はあの場面をちゃんと絵にしていたのさ。ところが、その絵をどこに置いたか、忘れてしまった。いまもどこかにあるはずなんだよ」

そのとき、雪四郎は花道の出口のところにいた清七に、ほかの誰にもわからないよう巧みに合図を送りはじめていた。

清七は、雪四郎の合図に目を見張った。雪四郎は、玉六の絵のありかを思いだしたのだと思った。

合図は、さりげなく右手でなにかをひっくり返すような仕草だった。これを見た清七が、ぴんときた。あの仕草は、花札の札をめくるときの仕草だった。ということは、役者たちがよく集まって花札に興じるところ、大部屋の隅っこだと気がついた。

清七はそっと花道の下を移動し、大部屋の隅に行った。皆、舞台のほうに出ているので、いま、ここには誰もいない。清七は奥の棚を探した。玉六はよくここで寝そべったまま絵を仕上げ、この棚に忘れたりした。

――あった。

そばには玉六の絵の具箱も置き忘れている。瓦版などは色に絵をつけている余裕がないので、本当なら絵の具はいらない。だが、玉六は色まで塗らないと気が済まないのだった。

筆をとり、直そうとした。黒と赤を逆にすればいいのだ。そのとき、

「あいにくだったな」

「あいたたた」

あとをつけてきた岡っ引きの留助に腕を取られていた。

「亀無の旦那。やっぱり、絵を直そうとしていましたぜ」

と、留助は清七を舞台に引きだした。

「やっぱり、そう動いてくれたかい」

「兄さん、すまねえ」

雪四郎はうつむいている清七を見て、ひとつため息をつき、

「おめえが捕まったなら、これまでかい」

と観念した。舞台の上にぽんとあぐらをかいて坐り、

「へい。座元を刺したのは、たしかにあっしでござんす。長年、いたぶられ、あっしを縛りつけてきた座元が憎くてたまりませんでした」

舞台の上で告白すると、客は皆、息を飲んだ。

「そうだったのかい」

「かわいそうになあ」

「雪四郎。おめえと、この舞台のすばらしさは、ずっと忘れねえぜ」

客たちの情けある声が、おひねりのように次々に飛んだ。

雪四郎は腕まくりをし、大きく見得《みえ》を切りながら、観客の声を受けた。

その雪四郎に、留助が縄をかけた。

「それにしても、こっちも危なかったぜ」

と、剣之介が縄にかかった雪四郎に言った。

「なにがですかい。見事なもんでしたぜ。これだけきれいにあばかれたら、ぐうの音も出ねえ」

「そうじゃねえ。じつは冷や汗ものだった。清七が持っている、その玉六の絵をよおく見てみなよ。左右が逆じゃねえだろ」

志保が大きくうなずいた。やっぱり、最初に出てきた雪四郎の化けた座元の隈取と、あとに出てきた座元の死体の隈取は、左右が逆になんてなっていなかったのだ。

「こ、これは?」

雪四郎は愕然となった。

「玉六。直したのかい」

舞台の隅に出てきていた玉六に、剣之介が優しい口調で訊いた。

「いいえ。あっしはなにも」

「そりゃあ、そうだ。だって、座元の化粧はちゃんと、そのとおりだった」

「そんな、馬鹿な。あっしは間違えたはずだ」

雪四郎は首を激しく横に振った。

「そう。雪四郎さんは間違えた。だが、そのあとに入った人がいたのさ。なあ、おとよさん」

おとよが、暗い舞台の袖から、数歩前に出てきて深く頭を下げた。

「おとよさんが、おめえの間違いに気づき、あとから正しく塗り直していたのさ。おとよさんは、おめえの様子になにかやらかすんじゃないかと、ずっとおめえの動きを追いかけていた。それで、座元に化けたおめえが花道に走ると、おとよさんはすぐに座元の部屋に入った。そこで座元の死体を見ると、すぐにおめえがやろうとしていることを察したのさ」

「ちっ。見破られちまったのかい」

雪四郎は舌打ちしたが、さほど悔しそうではなかった。

「今度の一件、おとよさんも仲間に加えていたら、おいらたちも見破ることはできなかったかもしれねえな」

剣之介はそう言って、志保のほうをちらりと見た。そして、志保がいなかったら、解決は難しかっただろうと思った。

これで、すべてあきらかになった。

松田重蔵が、その雪四郎の首ねっこを左手で押さえ、さっきの珍妙な推論のことも忘れて、

「これにて一件落着」

右手をおかしなかたちにあげながら、足でぽんと花道を叩いた。

「よっ、日本一」

「松田屋」

客席がどよめいていた。

喝采を受けるのは松田にまかせて、剣之介はそっと楽屋へと退散した。

「お見事でしたね、剣之介さん」

外へ出た剣之介の横に、志保が寄ってきて、そう言った。

「そうかねえ」

褒められても、あまり嬉しそうではない。しょぼしょぼした髷をおさえてうつむく姿は、お金でも落として途方《とほう》に暮れているようにも見える。

「左右の隈取が逆だったと思わせておいて、罠に落とすなんて、思いもよらなかった。どんな曲芸や手妻を見たって、あんなに驚くことはなかったわよ」

「罠に落とすなんてことは、ほんとはあんまりしたくないんだがね。だが、下手人も必死だから、そう簡単に白状しちゃくれねえし」

「あーあ、あたしも男に生まれたかった。そうしたら、なんとしても与力や同心になって、悪党どもと丁々発止《ちょうちょうはっし》とやりあったのに」

志保は握ったこぶしを、ぐいっと持ちあげてみせた。子どものときのかくれんぼで、隠れていた剣之介や松田重蔵を見つけたとき、よくこんな仕草をしていたものだ。

「ところが、実際、下手人を捕まえてみると、とてもじゃないが、そんな勇ましい気持ちとは、ほど遠くてね。いいかい、志保さん。罪を犯すヤツのほとんどは、不幸せなんだぜ。幸せだったら、罪なんか犯さずに済んだはずだって、つくづく思ってしまう」

「あら、不幸せだって、罪なんて犯さずに頑張ってる人はいっぱいいるじゃないの」

「そりゃあ、そうだ。でも、こいつにもう少し、運があったらとか、あるいはもうちょっとましな親に育てられていたらとか、誰か声をかけてあげる友だちがいたらとか、ほんの少しの違いで、ずいぶん人の運命ってえのは変わるものなんだなあって思うのさ」

「罪を犯さずにいる人と、犯してしまう人の違いは、わずかなものだと？」

「おいらにゃそう思えるよ」

ふたりがいる後ろで、人が騒ぎだしていた。

縄を打たれた桜川雪四郎が、外に連れだされてきたところだった。芝居で着ていた着物一枚である。熱気あふれる小屋の中ではそれでよくても、十一月の外の風には寒すぎる。現に雪四郎は青ざめた顔で、肩を細かく震わせていた。

剣之介はそんな雪四郎をちらりと見て、

「あの雪四郎にしたって、子どものときからずいぶんつらい思いをしてきたらしいや。まだ、六歳か七歳というころに、橋の上から川の流れをじぃっと見つめていたこともあるんだってさ。そういう思いを重ねてきた男の気持ちは、幸せな家に育った人間にはわかりっこねえよ」

「そうだったの」

「しかも、殺された柳川錦二郎だって、雪四郎と同じような育ち方をしてたりするんだぜ」

「まあ」

「なんだか、この世には重いもの、つらいものがずうっと雪のように降り続けていて、それが二代、三代もかかって積もり積もったところで事件が起きている――そんな気さえしてしまうのさ」

桜川雪四郎が近づいてきて、剣之介の横を通りすぎようとした。

ふと、雪四郎が足を止めた。

「止まるんじゃねえ」

と、岡っ引きの留助が言った。縄を持っているのは留助で、その後ろに定町廻り同心の馬場勇太郎がいた。

「亀無の旦那……」

雪四郎がかすれた声で言った。

「なんでえ、雪四郎」

剣之介は、留助にいいから話をさせろというようにうなずいた。

「手柄立てたんだろ。そんなしょぼい顔をするなよ」

と、雪四郎は言った。

「ああ、この顔か。しょうがねえ、生まれつきだもの」

「まったく変な同心だぜ」

と、雪四郎は苦笑いして言った。

「ボケかと思ったら恐ろしく切れるし、人を捕まえたら捕まえたで、申しわけなさそうなツラしやがる」

剣之介はそれには答えず、

「雪四郎。客も言ってたけど、ほんとにすばらしい舞台だったぜ。だが、あんなに華やかで祭りのような舞台の裏にも、あんたたち役者衆の悲しみってえのがあるものなんだな」

「なんでえ、旦那。あたりめえじゃねえか。裏の悲しみやつらさが大きければ大きいほど、舞台ってえのは華やかに輝くものなんだぜ。そんなこともわからねえで、いままで芝居を観てたのかよ」

「ああ、すまなかった。気がつかせてもらった」

「いいってことよ。芝居では、こんなふうに縛られる場面は何度もやってきた」

「だろうな」

「そのつど、悲しいのやつらいのはうまく演じてきたつもりだった。だが、こんなに寒いもんだというのは知らなかった。怖いぐれえに寒いんだ。震えを止めようがねえんだ。これだけは、縛られてはじめてわかったぜ」

雪四郎がそう言うと、隣にいた志保が急いで手拭いを出し、雪四郎の首にやわらかく巻いた。

「せめて」

「ありがとよ。亀無の旦那の御新造《ごしんぞう》さんは優しいんだね」

そこで留助が、後ろからつつくようにした。

雪四郎の後ろ姿を見送りながら、志保は言った。

「あたしも寒くなってきました。家であったかい団子汁でもつくりますよ。剣之介さんも食べてから奉行所に行きなさい」

「わかりました」

剣之介は素直にうなずいた。志保のつくる団子汁は、すばらしくおいしかったような記憶があった。

コスミック・時代文庫

新装版 同心《どうしん》 亀無《かめなし》剣《けん》之《の》介《すけ》
わかれの花

【著 者】
風《かぜ》野《の》真《ま》知《ち》雄《お》

【発行者】
杉原葉子

【発 行】
株式会社コスミック出版
〒154-0002 東京都世田谷区下馬 6-15-4
代表 TEL.03(5432)7081
営業 TEL.03(5432)7084
FAX.03(5432)7088
編集 TEL.03(5432)7086
FAX.03(5432)7090

【ホームページ】
http://www.cosmicpub.com/

【振替口座】
00110-8-611382

【印刷／製本】
中央精版印刷株式会社

乱丁・落丁本は、小社へ直接お送り下さい。郵送料小社負担にて
お取り替え致します。定価はカバーに表示してあります。

ISBN978-4-7747-6137-4 C0193